用爱创造生命美

杨长玉 著

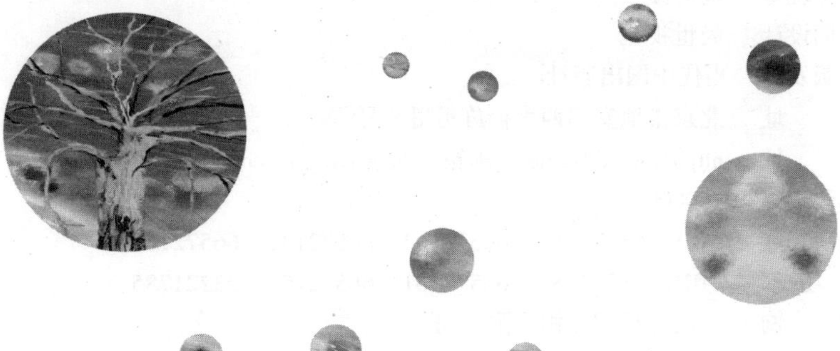

当代中国出版社
Contemporary China Publishing House
2019年·北京

图书在版编目(CIP)数据

用爱创造生命美 / 杨长玉著 . -- 北京 : 当代中国出版社，2019.3
ISBN 978-7-5154-0910-8

Ⅰ . ①用… Ⅱ . ①杨… Ⅲ . ①随笔—作品集—中国—当代 Ⅳ . ① I267.1

中国版本图书馆 CIP 数据核字(2019)第 003819 号

出 版 人　曹宏举
执行策划　张 杰
责任编辑　陈 莎
责任校对　康 莹
出版统筹　周海霞
封面设计　尚世视觉
出版发行　当代中国出版社
地　　址　北京市地安门西大街旌勇里 8 号
网　　址　http://www.ddzg.net　邮箱：ddzgcbs@sina.com
邮政编码　100009
编 辑 部　(010)66572264　66572154　66572132　66572180
市 场 部　(010)66572281　66572161　66572157　83221785
印　　刷　三河市长城印刷有限公司
开　　本　710 毫米 × 1000 毫米　1/16
印　　张　13 印张　180 千字
版　　次　2019 年 3 月第 1 版
印　　次　2019 年 3 月第 1 次印刷
定　　价　48.00 元

题记
用一朵花开的时间，遇见美好

每一朵花都有一个使命，就是全然绽放；每一个人都有一个使命，就是活出自己。

每个女人都是世界上独一无二的花朵，唯有在内心深处尊崇自己，不断学习与成长，唤醒生命本身具足的爱和智慧的力量，才能如花绽放，去创造生命之美。

一个平凡却又不凡的女子，走过岁月，经历风雨，在追求生命美的道路上不忘初心。一次一次蜕变、一次一次创造奇迹，她就是“生命美”文化导师、诗慧瑜伽心理关系学院创办人、诗慧美容集团创始人——杨长玉老师。

她说：“示弱不弱，疼惜不疼。”一个真正懂得如何爱自己的女人，自然身心和谐、健康美丽。与生活欢快起舞，带着身心觉察生发出女性内在的能量，然后在爱人、爱己、爱家、爱孩子的同时，真正明白生命的价值是什么、自身的财富是什么、世界的真相是什么。唯有如此，一个女人才能实现内在幸福指数的提升，完善婚姻生活的关系，收获亲子教育的真谛，创造兼具内在成长与外在成就的精彩人生。

“用爱创造生命美”——她说，这是她将生活、事业、兴趣完美融合的终生使命；“智慧渗透生命，灵性落地生活”——她说，要帮助天下姐妹活出生命的不同维度；“雕出外形——信于心，美自心灵——外于形”——她说，她喜欢内外一致的完整美；“瑜身心，美伽人”——她说，热爱瑜伽的人一定是与自己亲近、身心合一、内心充盈的人，这样的人活在爱中；“爱是与自己、与他人、与自然、与宇宙的关系融洽的显化”——她说，这是她的道、她一生的修行。

前言

幸福成功的人生是所有人为之努力的方向，因为它代表着人生理想的实现，代表着人生路上纳入行囊的美丽风景和丰盛收获。但是，对很多人来说，幸福像水中月、镜中花，可望而不可即、可想而不能至。

为何每个人看似过着相同的生活，却拥有截然不同的人生？其实，生命中的每一段经历，无论好坏，都是由我们自己造成的。我们总是在追逐、奋斗，总是在不停地行走，而渐渐忽略了身边的美好。

请停下脚步，问问自己，是否太注重追求幸福的目的和速度，导致迷失在追求幸福的假象中，忽视了追求幸福本身就是一件充满乐趣的事情，朝着幸福行走和奋斗的过程也是一种幸福。

心中有梦，脚步自然坚定；眼中有爱，身姿自然轻盈。真正影响我们容颜和命运的，其实是自己的信念系统。每个人所遇见的世界，都不会超过自己的意识范畴。每个人相信什么、想什么、说什么和做什么，决定了我们拥有怎样的人生。我们此刻的所思所想不仅决定着现在，更决定着未来。

在给学员讲课的时候，我经常会问她们：“什么是美好的人生呢？”

答案五花八门。有人说，有钱有闲最美好；有人说，家人健康自己平安最美好；也有人说，做自己喜欢做的事情并能养家糊口很美好；还有人说，拥有感知美好事物的能力才是真正的美好。

每次听到她们这样说，我的内心总会充盈着满满的感动。在我看来，幸福、成功、美好生活等，都是小而美的事情，并没有那么轰轰烈烈、难以描述。

每天清晨起来，沐浴着初升的太阳，与鲜花、小鸟共舞，邂逅身边人的欢声笑语；与亲朋好友一起泛舟、踏青、郊游，听风吹过树梢的声音，看湖光山色；阅读时，与作者共同感受书中的神奇世界或沉醉于喜欢的音乐和沁人心脾的香氛；辛勤劳作，与同事、家人一起分享创造和收获的喜悦，这都是幸福的体现，是生命带给我们的美好而真实的体验。

对于“美好”的定义，每个人都可以加上自己的色彩。因为美好离我们并不远，随处可见，日常生活中的点点滴滴都是串联起我们每个人幸福体验的元素。既然这种美好很小很普遍，为什么有的人总感叹生活乏味、人生痛苦呢?

我想，这应该与个人感知美好的能力有关。这种能力并不是与生俱来的，而是在成长过程中不断被熏陶、被影响，甚至被培养，才能达到的一种境界。幸福就像一幅作品，是靠我们自己的内心与双手绘就的。每个人都应该懂得，与其总是羡慕别人，终日牢骚满腹，还不如静下心来好好想想，如何把当下的生活过得活色生香。

这是我们每个人的人生命题，无论做什么事、面临什么样的困境，都能从中看到积极的一面，从而引导自己内心走向幸福和快乐。当我们还是孩童的时候，是否习得了父母对于幸福生活的把控能力；而当我们成长起来，成为父母的时候，又是否把习得的生活经验和生活智慧传承给了孩子？这一系列的人生问题，是我在美业领域、企业经营管理领域、心理学领域，甚至青少年公益课上都在不断探索和实践的。

我认为，一个母亲带给孩子最好的教育并不一定是要把孩子培养成所谓的“精致利己者”，而是要让孩子拥有感知美好的能力，帮助孩子今后不论身居何处，都能够不以物喜、不以己悲，有尊严有温度，自强自主地活出精彩。

一个人需要建立稳定的内在状态，这个状态既是人们观念的过滤网，同时又是通往特定记忆、能力、信念的大门。信念、价值观、能力等只有在与内心状态相联结的情况下，才能使我们获得真正的力量。对于任何人来说，内在状态都至关重要。不稳定的内在状态会破坏我们的心理和生理健康，缩短寿命；稳定的内在状态不仅能够促进人的生理健康，还直接决定着我们的情绪和心理健康状态，影响工作、生活等各方面的平衡、幸福与成就。

当一个人不断学习与成长，让自己拥有爱的能力，能够爱自己、爱别人、爱周围一切与自己有关的人和事物的时候，内心会时刻充满喜悦与平静；不仅身心健康自在，而且在面临难题时能够理性思考，做出正确且合乎情理的选择；同时，能够推己及人，善待周遭的一切人和事，拥有内外和谐的完美世界。

这就是我写本书的缘起。

想要成为幸福的人，就要学着按照自己想要的方式去生活，学会自我负责。用爱创造生命美，每个生命都可以热情鲜活、沉静灵动，活出动静平衡的力与美。

我越来越发现，一个人的内在状态需要进行有意识的修炼与提升，唤醒生命深处爱与智慧的种子，才能真正拥有健康的心态和身体，实现身心和谐，活出生命之美。

我希望通过自己对生命的感悟和在工作、生活中的实践历程，给广大学员和朋友们带去一些帮助。希望你们可以在这本书中收获如何爱自己、如何在生活中修行、如何觉察自己的内在能量等问题的答案，在内外兼修的基础上活出健康美丽的“年轻态”，并把这种能力惠及别人，影响更多的人。

借由此书，致敬每一位渴望打破生命局限、活出崭新自我的朋友。

请相信“爱”是世界上所有奇迹的缔造者，请相信你值得更美好的一切!

总有一天，你会站在人生最亮的地方，过自己想要的生活、活出自己想要的模样；

总有一天，一朵花可以唤醒整个春天；

总有一天，世界会因为你我而更加美好。

引言
人生所有的奥秘都在于关系

人生所有的奥秘在于什么？

在于关系，在于一个人所能拥有的关系智慧。

春天来了，我们真的能看到鲜花盛开、姹紫嫣红的美吗？行色匆匆，我们真的能读懂来自陌生人的微笑吗？

我们该如何与自己相处？对于自己的身心和身边最重要的人以及每天与你擦肩而过的陌生人，还有远在千万里之外你可以感知到的人，你会与之建立怎样的关系？是否真正存在联系？如果我们无法与内心的自己取得和解、无法正确处理与异性的关系，那我们跟金钱、领导、爸妈、孩子甚至窗前的一朵花、远方的一座山可能都会存在一定的关系障碍。

人与人之间所有的问题都源于爱的阻碍与匮乏。如今，很多现代人的痛苦并非来自外在的衣食住行、功名利禄，痛苦的核心是我们处理关系的能力有问题。

显然，关系是人们发现自我的一面镜子。没有关系，人不会真正存在。

一个人无法孤立地生存在这个世界，所以生命即关系。

而我们大多数人的烦恼都来自于人与人之间的关系。要解决人与人之间的关系问题，首先我们要跟自己的内心达成一致，只有觉察并接受自己的思想和情绪并与之建立亲密关系，才能在和别人的关系互动中感受到爱与被爱。

其实，我们爱的那个人就是我们自己，所不能接受的别人身上的特点，也是自己不堪的映射。和谐的关系促使人用一颗宽容的心面对身边的人和事，这就是爱的流淌与回馈。所以，爱即关系。

爱是一种天真，是一个人与自然以及他人连接的方式。天真是一座柔软的桥，而欲望是一道人为堆砌的墙。天真和爱是与生俱来的，而人为算计总是让爱与我们背道而驰。一个人若有了宽容之心，他就一定会拥有有意义、有价值的生命；一个人若有了宽容之心，他也一定会拥有让他感到喜悦、幸福的关系。

这种“爱的关系”和“生命的关系”该如何去塑造和建设呢？需要我们不断地去修炼，用自己的心去体验，在各种关系中去体验与成长。

古人云：“内圣外王。”要想实现生命的外在价值，就一定要从自身做起、从安身立命开始，做到修身齐家、仁爱天下。如果从爱的角度讲，每个人内心深处都有爱和“真善美”的种子，那么，让自己学会爱、懂得爱，则是我们真正拥有完美关系的前提条件。

关系高手能够随时把握当下，认识自己的心理、情绪和身体，打通自己内外和谐的通道，用爱连接万物，于是，身轻如燕、海阔天空。

爱世界、爱生命、爱自己，爱的力量平等的属于每个人。

爱与感恩是宇宙的中心，是奔波人生中最厚实、最温暖的慰藉。

爱是一个人应该具备的基本素质。

爱世界的能力从每分每秒开始培育；爱生活的习惯从点点滴滴开始养成。

爱、喜悦、幸福、和平，这是人类追求的最终目的，也是和谐社会的珍贵果实。

做一个懂爱的人，回归真我，点燃真我的灵性智慧之光，用真心善念，爱己及人，才能拥有幸福、和谐、美好的生命关系，成就美好的人生。

做一个懂爱的人，继而懂得爱别人、爱天下万物、爱整个世界。

目 录
Contents

先爱自己，才会爱一切

生活是道场，向一朵花学活法

觉察女性能量，圆满家庭生活

诗慧瑜伽：用爱连接万物

诗慧花园：用爱唤醒更大的爱

后 记

附 录

先爱自己，才会爱一切

每个人的心灵深处都存在另一个“我”。

每天都在我们身边，有时我们却并不知道“她”的存在。

“她”随时随地陪伴在我们左右，并且影响着我们的每一个决定和行动。

生命中最重要的人，不是别人，是我们自己。

我们要好好爱自己，卸下内心的怯懦、恐惧、焦虑、不安，放下自我否定、自我批判、自我苛求，接纳每时每刻的自己，找回独自前行的勇气和力量。

你的尊严、你的美、你的爱的能力，正是属于你自己的生命价值。

你永远归属你自己，也永远只有你能决定自己到底是活在爱中，还是活在苦中。

当我开始真正爱自己，
我开始远离一切不健康的东西。
不论饮食和人物，还是事情和环境，
我远离一切让我远离本真的东西。
从前我把这些叫作“追求健康的自私自利”，
但今天我明白了，这是“自爱”。

——[英]查理·卓别林《当我真正开始爱自己》

生命如花，因爱绽放

我非常喜欢和崇拜的美国心灵导师露易丝•海说过："在我存在的中心深处，有个无限的爱的泉源。它充满了我的心、我的身体、我的心智、我的意识，从我身上向四面八方散发出去，并且加倍地回到我自己。"

生命一旦被爱唤醒，所有的善与美都将复苏；生命一旦被爱唤醒，每个人都能活出最美好的自己。

我爱我自己，因此充满爱地照顾我的身体，以营养的食物与水分滋养它、照料并且装扮它，而我的身体也以鲜活的健康与能量，充满爱地回应我。

我爱我自己，因此做我真正喜爱的工作，和我所喜爱并喜爱我的人一起工作，并且依靠我的创造天赋与能力，获得很好的收入。

我爱我自己，因此我以爱的方式对待所有的人，不论是行为或是思想。因为我知道，凡是我所给出的，将会加倍回到我的自身。在我的世界里，我只会吸引充满爱的人，因为他们就是我的镜子。

我爱我自己，因此我宽恕并且完全地释放过往的经验，我是自由且自在的。

我爱我自己，因此我全然地活在当下，经历的每个时刻都是美好的，并且确信我的未来是充满光明、喜悦与安全的。

是的，当我们真正活在当下、真正爱自己的时候，就与身边人建立了一种和谐稳定的关系，无论是事业还是家庭，都能经由这份爱来激发出更多的善与美好。

变美，其实是另一种方式的爱自己。女人天生爱美，如果有意识和能力让自己变得更美，会大大提升自我价值感，充满自信与感恩。

在20多年的一线教育和企业运营实践中，我目睹了无数从业者的迷茫与怀疑。她们用劳苦和善良经营着自己选择的美丽事业，或放弃多年的心血，或在痛苦的煎熬中等待转机，或强打精神寻求突破之道。同时，我也在各地目睹了无数走进美容会所想要得到变美的途径和方法的人，她们怀揣着怎样的希望和梦想进门，又带着怎样的失望和无奈离开啊！

美丽的根源到底在哪里？美丽事业的根基到底是什么？我在心底里一直在追问！

最近10多年，我潜心思考、虚心学习，并接触了传统文化、心理学、瑜伽、静坐、禅修、茶道、养生、心灵成长课程等，并且学以致用，对身心平衡和企业运营有了不同的体悟和收获，感觉这些功课与被所谓现实及理性缠绕的生活有所不同。现实生活关注的是类似金钱、家庭、社交等相对具体的东西，而真正“身、心、灵”的和谐一致，是召唤我们向内求，实现身心内在的完美俱足。

每个人都是自己人生的主宰，我们生命中发生的一切，都是自己的心念所引起的。这样日益清晰的认知不断提醒我们不能怨天尤人，要学会对自己负责。

2004 年，一次偶然的机遇，我开始接触并研习瑜伽。我的心灵在瑜伽文化博大精深的海洋中徜徉，就像一个饥渴的孩子找到滋养生命的乳汁，用尽了婴儿般纯真而无限的力量拼命吸吮……我似乎看到了一丝光明，我欣喜雀跃，因为我触摸到了生命的希望，我终于找到了职业的根：美自心灵外于形，雕出外形信于心。

美只有在生命意义中体现，才有价值；只有在爱的滋养中，美才能持久。

美丽是生命健康积极的完美，是生命阳光态度的持续，是正向敞开，是被爱充分滋养的宇宙精灵。追求美的过程就是生命修炼的过程，于是，我给自己定下了人生方向——用爱创造生命美，以传播生命美文化为己任。

生命如花，因爱绽放。当我慎重地用生命写下“用爱创造生命美”这七个字时，才知道它有多么厚重与神圣。

爱的能力在每个人心中孕育着，需要我们谦虚真诚地学习，敞开自我。爱的能力，就是我们透过疼痛的旷野，唤醒“真善美”的种子，去顽强成长为自我负责的能力。实际上，在漫长的人生旅途中，每一个渴望平安抵达终点的旅者，不仅需要学习生存技能与社会实践能力，更需要谦恭反省，不断提高爱的能力与驾驭生命的能力。

爱即是美，灵性即是美，健康即是美，和谐即是美。

我确信，一个女人的美貌，大部分来自内修外养，内外兼顾，才能美得持久且恒定；我确信，每个人都可以和我一样，借助瑜伽与冥想，唤醒自身修复力，让身心重新回归健康活力，爱自己、爱生命、爱健康，创造无限美好的美丽新世界。

如果没有爱，美永远只是表象，更难与时间共舞。爱是美永远的保鲜剂，爱是美的阳光雨露和土壤，爱是美的守护神。

春天来了，万物生长。一个身心健康的人对周围发生的一切一定有所感、有所悟。世界弥漫着神秘的气息，这是多么奇妙的事情：这些五颜六色的花儿是怎么盛开的？河边柳树的枝条莫名地就绿了、柔软了起来，泥土和小草的味道沁人心脾，似乎这就是爱的味道。

爱究竟是一种什么样的力量？爱是让万事万物无限接近的力量。爱是连接，爱让对的人和事彼此靠近。

女人的美是一种自然平衡的整体感觉，是由爱衍生出的美好呈现，由内在而生发，带着生命独特的温度与张力。

当一个女人心中充满爱时，这份爱意会扩散到人类、动物、自然界及生活之中，也让自己有机会吸引更多的爱。当内心充满爱并且这份爱如花香般弥漫，我们就会变得更仁慈、温柔、有耐性，我们的视野会更辽阔，也更容易心满意足。

一个活在爱中的女人是美丽的，一个拥有爱的品质的女人拥有自己的力量！

学习是一种最美丽的加持

我经常问身边的女性朋友：什么时候感觉自己最美？

有人说，当我学会做一个拿手好菜得到别人称赞的时候最美；有人说，当我用自己赚来的钱去逛街购物时最美；有人说，当我一个人安静地读一本好书内心产生共鸣时最美；有人说，当我弹一首好曲子并沉浸其中时最美；有人说，当我带给家人快乐，他们因为我的存在而感觉幸福时最美；也有人说，当我穿着一件最喜欢的长裙时感觉最美……

听着这些不同状态下的姐妹们对美的感悟，我发现她们的美都是来自爱生活、爱自己的能力。一个女人可以不漂亮，但绝不能停止学习，不能丧失对生活的热爱，就如同伯特兰·罗素所说："美好人生中，爱和知识是必需的。在某种程度上，爱更为重要，爱将激励我们去寻求知识，从而更清楚地知道如何使我们所爱的人获益。"

从小我就是一个闲不住的人，尤其乐于尝试学习新鲜事物。长大后，我成为一个心灵成长的追寻者，在生活的流转中虔诚体悟，探索生命的奥秘与伟大。20 多年前，我独自跑到深圳创办美容企业，一路上带着对“真善美”的追求不断前行，事业也算顺风顺水。但随着生命历程的深入铺展，我清楚地意识到事业的成功、财富的增长和我本人之间的关系已经开始有了某种距离。

世俗的成功是我曾经执着追求的目标，但当事业到达一定高度时，它却不能成为幸福的唯一标准。即便在鲜花、掌声面前，我也经常问自己，这样的生活是不是自己想要的？

虽然大家经常说“有钱有自由”，但在世俗以为的名利双收中，我并没有收获生命中真正的喜悦。那么，这个喜悦到底在哪里？什么才是我生命中最珍贵的财富？

我想找到一片花海般的平静，想了解什么才是自己想要的幸福，想拥抱生命所能抵达的光明美景。于是，我听从内心的召唤，开始寻找答案，并先后接触了瑜伽与心理学，走进了“海文身心成长课堂”。我热爱身体、敬畏生命，在一次次练习瑜伽的过程中，身体开始一点一点变得柔软。更让我惊喜的是身体的变化竟然神奇地影响到我的心。我清晰地感受到内心开始复苏和柔软，而这种鲜活、柔软在钢筋水泥、车水马龙的城市生活背景下，显得弥足珍贵。

我忽然明白，所谓的快乐和希望不是由外部世界决定的，而是由我们的眼睛和心来决定的。我为这个突然的发现而欣喜若狂，更加坚定对瑜伽的情有独钟与矢志不渝。这一切都是在我已心力交瘁、无力解脱的时刻出现在我的生命中的。所以，我相信，瑜伽注定是要改变我一生的。尤其在系统地学习瑜伽之后，我对生命有了更多的感悟，对美也有了更多的认知。

美丽是生命鲜活、灵动的最高品质，是生命“身、心、灵”高度的融合。如果“身、心、灵”无法和谐，就容易被情绪控制，甚至在生活和工作的各个层面无法作出正确的选择，这样的女人很难达成真正的美丽。如果从回归生命的角度而言，去追求生命本真的精彩呈现，努力让生活品质更好，个人才能够得到社会的认同、拥有更好的人际关系、创造更多的社会价值，这就是生命美的社会意义。

当然，女性朋友会通过美容和化妆使自己显得更加漂亮，但这只是外在的表现。这种美丽的能量也只局限在一种范畴里，它很容易逝去，就像风一样吹过就没了。女人在不同的年龄阶段会有不同的身体特征，稍微不注意就会发生改变，当容颜逝去，就再也找不回来了，这是物质层面的女人的容颜美丽。

而我真正想告诉女性朋友的是，外在美需要内在美的支撑，内在美需要外在美来显现。我们要追求生命全方位的美，同时拥有内心世界的完美与身材容貌的健康美丽，让自己从内到外充盈着喜悦与自信。这份喜悦和自信来自哪里呢？来自一颗永不止步和热爱学习的心。

对于女人来说，学习是一种最美丽的加持，终生学习是一种最高贵的自我修炼。

无论是多学一门语言还是一技之长，学会插花艺术或者养生之道，爱学习的女人才是最美丽的。当我决定系统学习心理学并顺利从海文心理学院毕业的时候，我更加确信学习是终身的事情。我的学习不只是为了事业或未来的收入，我在追逐一种真正的热爱，在寻找内心真实的声音，搭建通往无限光明的生命的梯子。

不要轻易地说自己老了，不要说自己没时间，只要想学习，只要真正想去做一件事，哪怕 80 岁也不晚。摩西奶奶 100 岁的时候写给年轻人的信，真的很让我感动，她说，唯有对当下的一切百分百地接纳，全然投入地去生活，才觉得这个人生是没有遗憾的。

摩西奶奶就是一个爱学习、爱生活的典范。她用爱活出最真的自己，这是一种非常好的修行状态。在日常生活中，做做家务、画自己喜欢的画，享受当下，把自己沉浸其中，这就是一种忘我，也是追寻爱与美的路径。当她把全部的心思都放在这里，能量就会聚集在她周围，自身的喜悦和富足就会从心里流淌出来。

当我们真的可以从内心坚持自己想要做的事情，那么不论从什么时候开始，都不算晚。一旦爱己所爱就会发现，在人生中坚持去做一件自己喜欢做的事情，可以抵抗和消化来自柴米油盐中的琐碎和无聊。

有句话说得好：若你常年在深渊里奋战，为了鸡毛蒜皮而纠缠，那你自己就会变成深渊和零碎的一部分。身为一个女人，随着时间流逝，生活会慢慢赋予你做妻子、做妈妈的角色，但你不能忘了提醒自己，你还有自己的才华，有自己的空间和梦想。要想在生活的琐碎中不让自己变得同样琐碎和俗气，唯有学习这件事没有“门槛”，没有年龄限制，可以让一个女人在 80 岁的时候，依然能活出优雅，依然能与世界和谐共舞，遇见更好的自己。

一个卓越的女人，终其一生都不会和庸俗为伍，她无须费力地驾驭丈夫，无须焦虑地逼迫孩子，只是按照自己内心的节奏，由内而外去修炼、去提升，去活出一个女人最真实、最精彩的样子。热爱学习、永不放弃，才能成为一个有着无限可能的女人，才能青春不老、精彩无限……

越成长，越有力量

生命的成长是一个不断发现内心真我、发掘精神潜能、发展内在力量的过程。

内在的成长看起来似乎很神秘，实际上它只是一种思想格局的变化和认知习惯的重建。当我们抛弃一些固有的观念和逻辑，从全局长远地考虑问题，就能在变动中把握大的发展趋势，实现从小到大、从弱到强，让自己不断迈向更高的人生阶梯。

今天，我们所面对的城市生活，一方面在滋养、呵护女人，琳琅满目的美食、时装、化妆品、玫瑰花、香水让人目眩神迷；但另一方面，与此同步增长的是工作的压力、女性角色的冲突和内心的挣扎，当我们面对这一切的时候，身心是否能保持和谐自在？

多年坚持潜心训练、钻研瑜伽，我慢慢感受到了身心融合的力量和美妙。身为女人，有很长时间我和姐妹们一样容易焦躁，情绪无法控制。但通过不断的学习与成长，我逐渐察觉到这种状态正是由于对身心系统的不了解、内在没有力量所导致的。一个人内在匮乏无力才会更在意外在世界的牵引，从而容易产生猜疑、猜忌，表现出诸多不信任和不安全感。

在这种情况下，通过调整呼吸和行走的速度，我们可以一点一点地唤醒和增加内在的力量。随着内心的不断成长，我意识到自己越来越清醒、坚定，无论在什么情况下，都可以明晰自己的方向。哪些是自己要得到的，哪些是不属于自己的，这个警醒与体悟对人生的抉择也是很有帮助的。在学习与成长的过程中，我们会了解更多层次与构架的知识体系，进而提升自己的认知能力，清晰了解自己和他人的需求，看清这个世界，让自己的心保持清澈，让自己的性情也保持宁静。在这种状态下可以增加我们的智慧与自信，让自己在任何情况下都保持淡定从容、平静稳重，不会因情绪失衡导致生活混乱。

人们不断在现实世界里寻求安全感和价值感，这是所有行为背后的动力和深层心理需求，这是“小我”的心灵程序、虚幻世界的根本推动力：内心空洞——匮乏感；潜意识信念——内疚和恐惧；补洞机制——追求外在的安全感与成就感。

唯有经过不断地自我疼惜和学习成长，我们才能越来越多地活出真实世界的根本动力：爱、内在的平和与力量。于是，心灵的力量开始自由生长，生命开始真正绽放并传递芬芳。

岁月可以让年龄增加，一个人的内心却可以更加通透、明净，纯粹得像个孩子，这是成长以后回归的更高境界。在“诗慧瑜伽会所”有一个学员，就是别人口中的“气场强大的女人”，每个接触过她的人都很喜欢她率真自主的性格。同时，她也是一个全职妈妈，也从相夫教子、尿片奶瓶的单调生活中走过，但她没有被生活的沉闷和单调淹没。等孩子渐渐长大独立，她成了健身房的常客，从一名健身学员成长为4个健身场馆的教练，享受着很高的待遇。但她并没有停止改变的步伐，体验过这种身份后，她开始自己创业当老板，5年挣下5套豪宅。过足了富婆的瘾之后，她又开始去往世界各地游学，千帆阅尽，最后摇身一变成了“诗慧瑜伽”的合伙人。

有爱有钱，有经历有情怀，率真热烈的活法使得这位姐妹更加自信、美丽。用她的话说，每一段经历都是听从内心的召唤，觉得自己想去做就自然而然去做了。我想，这就是她由内而外散发出来的魅力：不断追求生命的成长与绽放。

同时，女人如花，需要保鲜。所谓女人的保鲜最重要的元素就是生命深处的善良和柔软，这是一种生命的品质。

尽管，快节奏生活的磨砺让很多人变得粗糙，但柔软和善良仍然应该是我们内心的质地。一个女人要不断地成长才独立，一个独立的女人才会找到生命的平衡，这就是大女人的胸怀和小女人的情趣。女人胸怀要大，在世界上才能做事；女人情趣要小，才天真可爱、永不沧桑。将这两者结合起来，给自己的生命保鲜，让自己在生活的风雨中舞姿翩翩，这才是活明白的女人，这样的女人才具有鲜明的魅力。

有一个朋友，2001年大学毕业即进入全国十佳媒体行业。那时候还是纸媒的天下，拿着月薪五千元的高工资，在别人羡慕的眼光下生活。但两年后，她辞职了。因为她觉得那不是她真正想要的工作，物质的满足没能带给她高品质的精神生活。辞去工作后，她独自去西藏旅游，去看朝拜的人群，去天高地阔的高原上寻找内心的声音。回来后，进入了美资公司担任公共关系管理部门负责人。五年后，她再次辞去了工作，因为职位调动。对于已经是一个三岁孩子的母亲来讲，虽然调动意味着升职加薪，但她更不想错过的是孩子唯一的一次成长过程。所以，她拒绝了调动，也再次辞职。

这次辞职之后，她渐渐觉得，职业经理人不是她的目标，心灵的自由才是她所真正向往的。也是那年，她离婚了，带着孩子，并做了个惊人的决定！要去做“游职”，只拿很低的工资甚至放弃薪资，只为了确定全身心热爱的终身事业是什么。

半年后，她确定了方向：文化教育，并且在2010年启动了“读书会”，也就是现在才流行起来的社群，从开始几个人到后面源源不断有人加入。刚开始她租了个平房，大家一起阅读，后来大家把这里当作了心灵的道场，自己带来茶、水果和书，甚至捐赠了空调。2012年，她启动了一个婚恋项目，虽然中途有过很多困难，但咬牙坚持，最终把项目做了起来。在这个过程中，她自己也收获了新的爱情。

这个朋友常对我说：“我特别感谢这个时代，可以支持我们女人创业打拼，可以接纳我们追寻梦想、率性而活、自由绽放……”当一个人一心想着去成长、去绽放，哪有工夫考虑其他？我很佩服她，我们的经历有很多相似之处。作为女人，成长比成功更有魅力，或者说真正成长了就等于成功了。

在自己喜欢的领域比其他人投入更多的精力，比其他人更加精益求精，就能更快速掌握这件事的诀窍。一分耕耘一分收获，抱着真正投入的精神做事，一定会得到超出预期的回报。当然，我们并不是为了让人鼓掌、艳羡才去做一件事，而是认定一件事有做下去的价值。用一辈子的时间做好一件有意义的事，那活着才有了意义。

我经营着自己的美容养生连锁会所，也深爱着诗慧瑜伽和生命美文化教育事业。无论是做妈妈、做企业负责人，还是做生命美文化的传播者，我都内心坚定、全情投入，时刻不会停下成长的脚步。因为我确信，越爱越美，越成长越有力量！

身心健康是一切善美之源

相由心生，人是非常需要情感抚触的动物。

一个人的身体如果长时间得不到抚触与拥抱，容易手足冰凉，面容憔悴，失眠忧郁。很多人烦躁焦虑、脾气不好、闹事打架、看人不顺眼等，从更深的层面看，这都是缺爱的表现。实际上，她的身体天天都在呐喊，天天都在抗议：请看看我，请关心我，我需要爱，我也要去爱别人……

人，是建设和谐社会的主体，尤其是女性，如果身心健康、情绪平和，小则惠及家庭，大则惠及社会。

真正健康的人是什么样的？我认为是内心能量可以平稳地输出和输入，没有心理逆转、没有跳闸、没有短路，也没有接触不良的那种人。健康的人能释放出明亮而祥和的能量场，这种能量场具有强烈的亲和力与吸引力。当我们打开心门后，以散发着平和之光的心灵来对待自己以及身边的人、事、物，我们的内心才会获得永久的平和，才会真正领略到人生幸福的真谛。

人心和善，自然家庭和睦，社会和谐，天下太平。和谐人生的代际交替和传承，构成了和谐社会永续发展的基础。

女性是构建和谐社会主体当中的重要组成部分。我们身兼女儿、妻子、母亲、儿媳、领导、下属、同事等多重角色，在激烈的社会竞争中，把所有角色演绎成一道道亮丽的风景线。因此，作为女性，更要重视身心的健康和谐，以个体人生的和谐推进整个社会的和谐，做有魅力、有温度的女人。所以，女人爱自己，要先学会让自己身心健康。

世界卫生组织对于健康的定义是这样的："健康乃是一种在身体上、精力上的完美状况以及杰出的适应力，而不仅仅是没有疾病和虚弱的状况。"这就指出一个人在躯体健康、心理健康、社会适应和品德健康四方面都健全，才是彻底健康的人。

身体健康的重要性无须多言，对于心理健康，我们更应该了解以下几个标准。

首先，要能够体验到自己存在的价值。既能正确了解自我、评价自我，又能够接受自我，对自己的能力、性格和优缺点都能作出恰当的、客观的评价；在努力发展自我的同时，对自己无法补救的缺陷，也能泰然处之；自己给自己定的生活目标和理想目标切合实际，不产生过高的期望，也不苛刻地要求自己。因而不会同自己过不去，不会因为理想和现实的差距过大而产生自责、自怨和自卑等不健康的心态。

其次，心理健康的人不仅能够接受自己，也能接受他人、悦纳他人，并被他人和集体所理解和接受，能与他人友善沟通交往，人际关系和谐。

再次，能够面对现实、接受现实，并且能适应现实和改造现实，而不是逃避现实。能客观地看待周围的事物和环境，既有高于现实的理想，又不会沉溺于不切实际的幻想和奢望中；同时，对自己的力量充满信心，面对生活、学习和工作中的各种困难和挑战都能妥善处理。

最后，在人格结构中的气质、能力、性格等方面和理想、信念、动机、兴趣、人生观等方面能够平衡发展，并能够完整、协调、和谐地表现出来。思考问题的方式是适中与合理的，能够与社会的步调合拍，也能和集体融为一体。

当人的心理现状是健康的，身体也会因情绪的乐观和积极而不生病或少生病。对此，可能很多人会有疑惑：生活在繁杂的社会中，我们的心理怎么可能没有波动？

当然，生活会给我们带来很多显性和隐性的压力，尤其是女性朋友们，其承受的生活压力不比男性朋友们少。正是基于这样的原因，我想把瑜伽事业做得更好，让更多的女性朋友身心受益。

现代社会与家庭带给女性的压力很容易导致身、心、灵的失衡，使得女性情绪起伏波动很大。而瑜伽强调人的身、心、灵的复合统一是生命的自然状态，其对心理平衡和日常情绪舒缓的作用正逐渐被人们所认知，成为调节女性精神生活、改善生命态度的一种手段。

身体是我们灵魂的圣殿，身心本是一体的，身心健康是一切的基础。我们知道，当心理出现状况时，身体也会有各种各样的反应：不舒服、亚健康状态或疾病。同样道理，当身体出现状况时，也可以通过解决心理问题来疗愈。通过打坐和冥想、练习瑜伽，通过重建人与自然的和谐关联、人与人之间的微笑与拥抱，通过爱，可以帮助我们每一个人如花绽放。

事实上，我们的身体充满智慧，具有奥妙又精密的修复与自愈功能，并且还有许多“潜能”等待着我们去启动和唤醒。

来“诗慧瑜伽”学习的伙伴们，一部分是因为想要保持年轻健美的身材，更大一部分则是想要变善、变美。为什么这么说呢？当一个人的身心完全放松、情绪平和、表情柔和、声音不再充满抱怨和暴戾的时候，整个人呈现给别人的状态就是“善良美好”的。

一旦达到“善美”的状态，那么作为儿媳，她不再挑剔公婆的不对；作为妻子，她开始理解丈夫；作为妈妈，她会更有耐心和爱心来陪伴和影响孩子。于是，生活处处充满美好和谐。所以，我认为女人的身心健康是一切善美之源。

爱美是所有女人的灵魂。在钢筋水泥的城市里，我们的肌肤、身材、健康，我们善感而美好的心灵，我们的浪漫梦想，需要更多的呵护与关注！但放眼周遭，我们唯一可以掌控的，就是自己呼吸的频率、表情的舒展和肌肉的柔韧性。

据说瑞典人有一种既定思维：如果你愿意花时间运动，关注自己的健康，那么你大概就是个好人了。如果锻炼后你变成一个更好的母亲、更好的父亲或更好的朋友，你就会认为那些超重或吸烟的人正在以不健康的方式生活，是不优秀的人。

不管怎么说，我们一定要尽力健康地活着：吃干净的食物，有充足的睡眠，过有序的生活，做真实的自己，爱良善的人们……

岁月静好，懂得爱的女人永远拥有芳华，做自己容颜的主人，永远绽放自己的耀世美丽。

懂得自我疼惜，才是爱自己

花朵盛开时最美，世界和谐时最美，女人被爱滋养时最美。

周围的姐妹经常对我说，羡慕杨老师自带“充电”功能，无论什么境遇下，都会让自己开心。我很喜欢这样的夸奖，因为在我的人生信条里，女人一定要懂得疼惜自己，那才是真正的爱自己。

我对自己抱有笃定的信念，带着原本具足的能量与一切正向的、积极的事物产生连接，从内心深处给自己一个期许，带给别人平和、温暖、明媚与乐观向上。

知道自己追求的东西是有价值的——这样的信念，会产生一种不可思议的力量，让我们内心充满喜悦，而这种喜悦、快乐会让我们超越因身体局限而造成的懦弱。

生命很不可思议，烦恼也是这样。如果你认为烦恼可怕，向它投降，那么它就不会放过你；如果你认为烦恼不值一提，要和它做个了断，那么它就会怕你。你认清烦恼，也就化解了烦恼，因为烦恼本不属于你。它是因缘和合的，是受你懦弱的心感召的。

当你的心不再懦弱的时候，烦恼就不能进入你的生命，而智慧、光明、喜悦这些美好能量将占据你的心灵，让你整个人充满能量，神采奕奕。

人们经常感慨："相识满天下，知己无几人。"实际上，我们每个人都有一个朝夕相处的朋友，那就是自己的心。它是我们最亲密的朋友，可我们却很少去关注它，对它并不了解。

有句话说："为生活做减法是减负，为思想做加法是成长。"但在现实生活中，人们通常喜欢为生活做加法，为思想做减法。当生活背负过重，每天在意别人是否对自己评价不好，每天为赚钱少而忧虑，甚至把自己陷在一地鸡毛的琐碎生活中，都不能算是为生活做减法，反而是在给思想加压。如此一来，生活和心灵都在负重前行。

痛苦的本质是对自己无能的愤怒，内心深处的自卑会让一个人情绪失控，因为无法面对自己的无能而乱发脾气。治愈无能最好的办法就是增加内在价值感，主动去做各种有助于他人和社会的事及让自己心安的事，这样的话，一个人的价值感就会不断提升，力量感也会增强。

快乐来自给出去的成就感以及接受进来的满足感。富足的本质是施与受的平衡，既能给出去，也能收进来。一个人能够让自己时刻充满喜悦，内心充满感恩与满足，就是对自己最好的疼惜。

作为女人，无论知识多么渊博，请记住一点，最好的知识就是学会疼惜自己。

经过很多事情我才明白，爱一个人最好的方式就是替这个人好好爱自己。世间的情爱不过是因为渴望一丝温暖，依赖一个肩膀。我们都是孤独的旅行者，与其奢求别人对自己好，不如自己对自己好反倒更加可信、可靠。

小说“The Joy Luck Club”（《喜福会》）里面有四对母女，八位女性。每个母亲都被她们成长中的社会所轻贱，但她们不甘心，为改变命运而孤注一掷、奋力一搏，终于给了女儿尊贵的身份与地位。这个故事后来被改编成电影搬上荧幕，向每一位女性传达了一个观念：只要自己愿意，没有一个人的命运会是悲剧！

作家张小娴说过：“不管你爱过多少人，不管你爱得多么痛苦或快乐，最后，你不是学会了怎样去恋爱，而是学会了怎样爱自己。”

有位学员，因为老公外遇跟我诉苦，说男人越来越明目张胆而自己又没有办法。我曾问她：“为什么不离婚？”“离婚？离了婚我靠什么生活？日子过得还不如现在，能保证找的下一个会更好？”

听她这么说我有点唏嘘。据说少女时代的她是高颜值女神，追求者很多，后来嫁给了“高富帅”，早早当起了全职太太。当时浪漫奢华的婚礼令大家都很羡慕，以为两人可以从此双宿双飞、永结同心、白头偕老的。看现在的她，虽然姿色依然，但已经成了笼中“金丝雀”，失去了展翅飞翔的勇气。

还有一个女孩，嫁了一个韩国老公，开场是一段罗曼蒂克的异国恋情。后来，孩子八九岁的时候老公回韩国发展，女孩放弃了自己的事业，跟着男人带着孩子去了韩国，安心当起了家庭主妇。结果事业做得顺风顺水的老公有了办公室恋情，令原本有容貌、有事业的她痛苦不堪。

在爱情里面，我想引用莎士比亚的一句话：我猜中了这个故事的开始，我将上帝赋予我的一切都奉献给了你，但我没能料到这个故事的结局。

这两个姑娘都是好女子，却都不是疼惜自己的人。因为不懂得疼惜自己，一个在无爱的婚姻里受尽伤害却无法自我救赎；另一个放弃了自己却依然没能成全爱情。

女人要有“随缘任运”的能力，更要有向不喜欢的生活说“NO”的勇气。

在我的学员里有一个小姐妹，25岁的时候看见周围很多朋友都结婚生子，心里很着急。于是在父母的安排下相亲并领证。但结婚后，她发现老公并不是她想要的，尤其看着周围条件不如她的女孩，找的老公都不错，就更加深了这种想法。

所幸一切还不晚，即使结婚了，仍然可以纠正错误，不是吗？

她告诉自己，错嫁是自己的事，但不能一错再错。于是，带着大家对她的不解和劝阻，她选择了结束婚姻。第二次婚姻她选择的老公是一个知名企业的创始人，生意做得风生水起。刚结婚的时候，很多人觉得她配不上老公：人家这么有钱、有能力，随便就可以找个二十几岁的年轻女孩。但她笑着和我说：“从别人的标准来看，我是配不上他。但是从我自己的标准来看，我还认为他配不上我呢。我离婚一次，他离婚两次，还有两个孩子。我30岁，他还40岁呢！”

女人敢于主动追求幸福，也敢于向不幸福说“NO”，才是对自己最好的疼惜。

自己才是自己的真命天子，爱自己才有前进的动力，保持独立而不过分依赖别人，这样无论面对任何风浪，才可以坦然无畏，不致失去前进的方向。

一个女人，如果能不断地学习爱、懂得爱，能够快乐自然地存在，让身边的人因为你的存在更加平和、幸福。那么，你也就真正掌握了自己的命运，何须别人的拯救呢？

遇见爱，遇见更好的未来

古语：“爱出者爱返，福往者福来。”无论是朋友之爱还是上下级之爱，无论是亲人之爱还是陌生人之间的爱，都是善良与美好的温暖传递，都是付出与收获的良性循环。世上没有无缘无故的爱，先有“爱出”，才有“爱返”。

为什么德蕾莎以一个普通修女的身份获得了全世界的尊敬和爱戴？她离世的时候，身上盖着印度的国旗，印度总理跪在她的棺前为她送行。德蕾莎只是一个普通的女人，没有什么强力武器，但她对人对事始终报以宽爱的心，却能战胜一切。她用爱包容了整个世界，也包容了被遗弃的贫穷与灾难。在她宽广宏大的内心世界面前，整个世界都柔软了。

反之，希特勒曾经是一个国家的最高统帅、一代枭雄，以他的地位和能力本该成为一位广受爱戴的人物，然而他为了满足个人私欲，不惜掀起一场世界性的灾难，成为遗臭万年的代表。

这两个鲜明的代表，一个洋溢着爱与阳光，一个内心充满私欲和仇恨。

爱和美是孪生子，只有爱先行，才能吸引更多的美好。

当我们心中有爱，向外投射的就是阳光般的温暖，这种能量，宇宙中也有，感召的也是同样的能量之爱；当我们心中有怨恨的时候，所到之处所见之物似乎都不合心意，心里委屈乱发脾气，这时，宇宙就像一个充满能量的镜子，能照出你的嗔恨愚痴。

只有当我们真正放下怨恨去接纳生活、去付出更多的爱，心中的憋闷怨恨才能像蒸发了一样无影无踪，从此拨云见日。

我的学员小Z给我讲过她的故事：在宝宝出生以后，公公婆婆来帮忙带孩子，由于和公婆的育儿理念不同，生活中总是出现摩擦，小到彼此争论埋怨，大到翻脸吵架，甚至波及自己的婚姻。公婆一气之下不再帮忙照看小孩，家里的大事小事全都压在了她的身上，她感觉前所未有的辛酸与压力，既要工作又要兼顾孩子，整个人累成了一个随时会“情绪爆棚的火药筒”。于是，每每疲累之时，她总会把怒气发给年幼的孩子、扔给同样疲惫的爱人，原本温馨的家成了战场。而且，越是这样她内心越是怨恨，恨公婆不近人情、怨自己没有嫁个有钱的男人才会如此疲累地生活。于是，家里的不顺心又间接影响了工作，整个人似乎活在人生的“黑洞”里，苦不堪言。

直到有一天，她看到老公和孩子冷清地吃方便面，看到家里一团凌乱、凄惨的样子，她开始痛定思痛，决心改变自己。在“诗慧”，小Z一点点感受到爱和温暖、接纳与付出、放下与释怀。她开始正视自己的身心状态，也正视自己和公婆闹僵的关系。她终于意识到，只有自己改变，周围的世界才会改变。于是，她主动给公婆打电话表达关心，亲自带着礼物去看望老人，诚恳地向老人道歉。

老人面对儿媳的转变，马上冰释前嫌，把此前的不愉快变成了互相体谅与理解，主动提出来每月资助儿子一些金钱让他们雇保姆，并且很愿意经常过来帮忙。

小Z婉拒了老人的资助，她要的并不是金钱上的帮助，而是老人对自己的理解与宽容。她发现用爱可以唤醒更大的爱，一家人因为爱而和好之后，她整个人变得更加自信，之前看似烦琐无望的生活也开始顺畅起来，一事顺，事事顺，终于走出了之前的阴霾。

或许我们在生活中都曾扮演过小Z，也可能会扮演未来的婆婆或丈母娘，只有懂得付出爱，懂得用更加宽大的心胸和眼界去接纳和理解，我们才会收获别人返回来的尊重与爱。

在课堂上，我经常强调：一个人需要有爱的能力，才能拥抱幸福人生。

很多学员问，什么是爱的能力？

在我看来，不管这个能力是什么，它首先一定是自己已经有的东西，而不是自己缺失某样东西去向别人讨要。爱的能力并不是“天上掉下来的苹果”，它建立在我们对自己的充分了解以及对现实生活的真切感受之上。只有不断学习和成长，修炼出一个越来越好的自己，我们才能够吸引和自己同样美好的人，共同创造幸福的生活。

爱是需要学习的，懂爱才能去爱，会爱才是真爱。

爱是什么？爱是有一颗真诚、包容、体谅及奉献的心，心甘情愿地去温暖世界；爱本身一定是富足的，是给予和成全，而不是索取和要求。

真正的富翁是内心有爱的人、一颗心真正在跳动的人、用温度与价值去帮助别人的人。

专心做好自己分内的事，不断充实自己，打开自己的心去帮助和成全别人，愿意并且善于为别人付出，让身边的人更优秀、更成功、更快乐，让爱循环起来，你得到的美好回馈也会更多。

在生活中我们要学习爱、创造爱、分享爱，不断培养爱的能力。

付出自己的爱，收获一份开心与安慰，如此一来生活更加舒心顺心，这不正是幸福人生该有的样子吗？当各种节假日到来的时候，我总会收到数百条感谢信息，经常来看望、致谢的人更是数不胜数。人与人之间的这份感恩之情让我热泪盈眶。看着那些自己曾经帮助过的人展露出的笑脸，我感到很欣慰也很幸福。

爱，就是生命的种子，也是世界的种子。这个种子的生长是不需要回报、不需要额外条件的。万物成长的第一步，都是从爱开始，从每个人的主动付出开始。只要在合适的生长环境里，万物自发生长，所有的生命都在健康生长，都在爱中被滋养。

我们现在呼唤和谐社会，其实就是呼唤爱的力量，呼唤主动付出真情的力量。如果人与人之间能够互相关爱、互相支持，就能够携手成长，生活就会充满阳光。如果我们把这份爱不断加深扩大的话，就会形成一股巨大的积极力量，这股力量虽然是无形的，但足以成就梦想、改变生活。

爱自己，学会做情绪的主人

生命从春走到夏，从秋走到冬，对每个人而言，情绪的束缚宛若四季如影随形，所导致的危害也不容小觑。负面情绪往往是人生失败的根源，同时也是危害身心健康的幕后黑手，一个人一旦被负面情绪束缚，就不能正确地评价自己行动的意义及结果，自制力也会随之降低。

在课堂上，我也会问学员们：女人什么时候最丑？大家的回答如出一辙，她们说控制不了自己情绪的时候最丑。

人一旦控制不住情绪，尤其是女性，就会出现抱怨、指责、谩骂、歇斯底里等各种失控行为。虽然有很多男性也会出现这样的问题，但较之男性，女性往往更容易情绪化。

作家毕淑敏说过一句话：女人变丑的那一刻往往是从抱怨开始的。为什么抱怨？为什么变丑？因为我们无法做情绪的主人。

当一个女人控制不住自己的情绪又无处发泄的时候，就会抱怨男人、抱怨孩子，甚至抱怨家里的小狗。有位妈妈讲过一个非常形象的场景：在家里，男人总是不按她的要求来，孩子总是跟她闹别扭，就连家里的小宠物狗都把沙发垫子咬坏，自己作为一个女主人，看哪都不顺眼。

我相信，这样的场景大家一定不陌生，因为我也是一个妈妈，对此深有感触。

后来，我系统研究了心理学和瑜伽，也接触过一些家庭亲子教育的课程，逐渐意识到：控制不住情绪的妈妈是十分脆弱和可怜的，为什么这么说？因为很多妈妈面对爱人和孩子的时候，其实并不想通过发脾气来解决问题，只是找不到适合的方法，也控制不住自己的情绪。

凡是控制不住情绪的妈妈，容易让情绪愈演愈烈，本不想发脾气，可习惯之后，就成了惯性。孩子面对妈妈一次又一次地发脾气，要么学着大人的样子也开始发火，要么变得胆怯懦弱，不敢顶嘴、不敢反抗，久而久之就成了别人口中的“乖小孩”。第一种孩子跟父母成了“硬碰硬”，彼此受伤；第二种孩子以弱示强，父母会内疚，从而一次次发脾气后一次次自责，比孩子还难过。

如果父母能自我反省还算有救，就怕有的父母已经把孩子打压成了“应声虫”，却浑然不觉，还觉得孩子越乖越听话就越好。其实，孩子柔软的内心已经深深受到伤害。这些烦恼与伤害的源头都是失控的坏情绪。

我在一本中医书籍上看过这样一段话：暴躁会存在子宫里，压力会存在于肩颈部，郁闷会存在乳房里，委屈纠结会存在胃里，思维太敏感皮肤易过敏……这些略带夸张的说法给我们带来的启发在于——坏情绪会伤害我们的身体！

如果你坚持回避情绪，你必将被其打扰；如果你极力逃开情绪，你将被追上；而如果你想囚禁它，我祈祷你囚禁不成，因为一旦你成功了，身体就会不得不说话。身体是不会轻易说话的，而它一旦说话，那个“话”会重得多。身体说话的主要方式就是生病，绝大多数的疾病都源于情绪。

并且，女性的多愁善感和情绪化还会影响到整个家庭。谁都不会没有缘由的不开心、闹情绪，找到原因并去解决它才是正确的方法。“黛玉葬花”虽然充满诗情画意，却是对身心和人际关系的伤害。为了家庭，也为了自己的身心健康，女人一定要学会管理自己的情绪。

很久以前，我也是一个不会及时舒缓情绪的人，遇到不如意的人和事，即使不大声抱怨也会暗自生闷气。自从生命中有了瑜伽，通过舒缓呼吸和冥想练习，整个人的情绪状态慢慢调整过来了，我成了情绪的主人，想笑就笑，想放松就放松。

据我了解，有些演艺明星们情绪不好的时候，也会去练瑜伽或者直接去印度调养身心。麦当娜、梅格·瑞恩、伊丽莎白·赫利等大牌明星都曾因为情绪低落求助于瑜伽，并最终成为瑜伽爱好者。朱莉娅·罗伯茨更是在那部大红的影片《美食、祈祷和恋爱》中，展现了如何在与瑜伽老师的接触中，重新洗涤了混乱的身心。

很多学员在接触了“诗慧瑜伽”后，整个人从内到外地改变了，并且引发了一系列美好转变。例如，老公听话顾家了，孩子懂事爱学习了。当然，这些不能完全归功于瑜伽，而是应该归功于女人借助瑜伽让自己的身心发生了改变。

与此同时，我们也要看清楚，女性的坏情绪一部分来自生理，另一部分来自心理，也就是心智不够健康。一个人心绪烦乱，往往是因为不能正确认识自己和珍惜自己，错位比较、盲目攀比、期望值过高是造成心理不平衡的主要原因。很多人被自我认知与情绪裹挟，丧失了对异性的欣赏与好奇，丧失了对世界、对生命神奇的敬畏心理。

当工作或生活不顺心时，心智不健康的女人往往不愿意直面“这个不顺心”的情绪，不愿去探究为何不开心。如果你想了解她具体的情绪来源，她也只会泛泛地说：“天天工作这么累，怎么会开心？”“家里一大堆烦心事，怎么能开心？”她不愿意更具体地去思考情绪的来源、情绪的过程、情绪的解决方法，只是想快速让“不开心”的情绪有一个解释和责任方，这时，她的烦恼就可以被解释了，不用再叩问自己了。她用一个句号结束了这次烦恼，也就终结了自己去改变这个“不顺心局面”的可能性。

这个时候，她不能直面自己的情绪问题，我们就可以说，她的心智不够成熟或不够健康。

情绪对人体能量流动具有非常大的影响，一般来说，我们的主要压力源分别是恐惧、愤怒、创伤、悲伤、担忧、压力和过度兴奋。和情绪阻塞有关的所有情绪与状况，都跟这 7 种基本情绪有关。找到适合自己的方式调节身心状态、管理这些情绪，使它们变得平衡稳定，就可以完全去除身体里的紧绷感与压力焦虑。

举例来说，如果我们生某人的气，必须立即释放这股能量。要做到这点我们必须宽恕激怒我们的人，也需要宽恕自己让别人引起了我们的愤怒。别人能惹我们生气，就意味着我们还放不下某些事。如果某人有意激怒我们，那就更容易处理了，我们不应该为了这类事而失去理智。如何调整呢？进行呼吸练习，大声尖叫或呐喊都有助于释放愤怒能量，还可以做一些身体的活动，如跑步、跳绳、尖叫等。

我个人的经验是，坚持练习瑜伽对整体改善情绪很有效。冥想练习每天要做半小时，坚持三四个月后，会发现自己的负面情绪少了很多。很多上班族平时也许没有那么多时间来打坐和练瑜伽，但其中最重要的一点就是让自己静下心来，才能有更多的能力和空间去面对负面情绪。我们都可以建立一个美好的循环，经由瑜伽和冥想，学会控制自己，身体变了情绪就变了，情绪变了语言就变了，那么周围人的感受也就变了。

当然，心灵成长是一个漫长的旅程，调适心情和控制情绪是首要的功课。一旦通过身心的舒缓让情绪有了出口，女性不但有了控制情绪的能力，同时心智也会变得越来越成熟和健康。学会做情绪的主人，实现内外平衡，因为身心和谐才是爱自己的表现，也是健康美的基础。

给自己一个美丽的期许

由于工作原因，我结识了很多的姐妹，发现了一个有趣的现象，第一印象里，凡是打扮得靓丽有活力的姐妹们，都是家庭事业孩子兼顾、顺风顺水的人；反之，那些整天愁眉苦脸、怨声迭起的姐妹们，不是家庭关系没有处理好，就是在工作中同事关系没有处理好。之所以有这么大的不同，我认为是因为前者给了自己美丽的期许和规划，后者则没有。

何为美丽的期许？就是身为女人，任何时候都要活出潇洒独立的自我，永远不放弃自己的梦想。

女性身份赋予一个女孩渐渐成长为女人的力量，代表着阴柔和接纳。如同自然界中的水，利万物而不争，这是柔顺的智慧；日积月累滴水穿石，这是推动世界发展的韧劲。在家庭中，如果女人能够拥有真正的幸福感和爱的能力，那么这种气息会自然而然地影响到老公和孩子，从而使家庭达到一种舒适放松的状态，这就是水利万物；如果女性能有一份自己喜欢的事业，并且一直经营下去，用执着的心态去奋斗，一定会有收获，这就是水滴石穿的勇气与能量。

美国神学家尼布尔说：愿上帝赐予我平静，能接纳我无法改变的事；愿上帝赐予我勇气，能改变我可以改变的事，并赐予我智慧，让我能分辨这两者的不同。智慧的女人能在心里对自己存有美好的期许并身体力行，即便发现生活中有不合心意的偏离现象，也能够及时纠偏，那么，人生发展方向还是能很快修正。

“诗慧瑜伽”会员中有位家庭主妇，曾习惯于把责任推到别人头上，凡事抱怨命运不济，总认为自己命中注定找不到幸福，不知不觉人也变得消极抑郁。上了“诗慧瑜伽”心理关系的课程后，她学到了很多，收获了很多，下定决心主动创造自己的幸福生活。

一天早上醒来，她按照我教给她的方法，先从自己身上找问题，默默地给自己一个期许：一整天都不批评别人、不抱怨生活。到了晚上，她惊讶地发现，不说那些批评和消极的言辞，自己的话居然少了许多。停止抱怨所带来的结果是她想打电话给一位处在挫折中的朋友、想请求先生对自己一个错误决定的谅解……这些想法都很自然地出现在她的脑海中，因为不再有批评的意念来扰乱自己。

给自己一个美丽的期许，就要知道自己放下什么、坚守什么、看淡什么。慢慢地，通过停止抱怨，她重新找回了积极自信的人生状态，工作和家庭生活也变得顺利顺心。

作为女人，请一定要记住：活在这个世界，请保持自我期许，坚持自我实现，不要把希望和责任交给别人。无论是情感还是工作，没有比自我负责更好的方法。

“黄脸婆”是怎样形成的？是一个女人失去了自我，放弃了自我期许而产生的。美女和怨妇都是一种选择，都是自己创造的结果。所以，无论在恋爱期间还是结婚后，女人都不该放弃自己的成长与朋友，不能丧失美丽的期许。在爱情、生活和家庭中，假如你失去了自我，又没有强大的后援团队，可能就彻底变成了男人的附庸。假如有一天他不再爱你了，你会发现你失去了所有，如同在一个孤岛上被世界遗弃。

一个女人若对自己始终抱有美丽的期许，就不会停下成长的脚步。在婚姻中，她修炼自己，用心创造幸福的生活，即使由于各种原因不得不与爱人分道扬镳，也会让自己继续绽放精彩，放爱情一条生路；在事业上，她会凭借坚韧和执着闯出一片属于自己的天空；在心灵修养上，也会渐渐开悟，知道人生苦短，唯有好好爱自己、爱这个世界才是最好的活法。

一个女人，所有的奋斗、所有的打拼，为了什么？还不是让自己活得更轻松、更幸福，让自己的家庭更富足、更快乐？所以，请首先与自己和解。如果我们和自己的身体都不亲近，不能与自己的内心达成和解，即使学习了很多理论、很多方法，对生命也没有带去本质上的滋养。

在这样一个急着赶路的时代，请等等我们的身体；等等我们的心；等等身边的好人；等等我们的爸爸妈妈；等等我们的孩子；等等对我们最重要最好的那些人。

当你真的把生活、把他人当成人生中重要的功课和助缘，接纳所有的不如意，不逃避不虚伪，真诚面对，全身心拥抱生活的时候，就会有奇迹发生。

一个真正懂得爱的人，在任何时候都可以活在当下，有情的岁月帮助她更年轻，生活磨砺让她更有魅力，天涯海角哪里都对，聚散离合怎样都美。

相信自己，你的人生就是你所投入的状态。给自己一个期许，学会爱自己，学会推己及人，让爱成为生活的主旋律。

女人是用来滋养世界的，男人是用来折腾世界的。每个女人生来都是艺术品，都是爱和美的代言人……世界无常不可怕，荒凉也不可怕，怕的是女人不再美，男人不再爱。

作为女人，你一定要学会照镜子。许多人认为经常照镜子是种自恋行为，其实照镜子也是一种自我端正的态度，可以提高自信程度。一个敢于照镜子的女人是勇于面对自己的人，而且照镜子可以随时注意自己的妆容与表情，灿烂的笑容会比任何化妆品都来的有气质。所以，从今天起，每个清晨即将出发前，一定要记得照一下镜子，告诉自己这又是很美好的一天！

从今天开始，你完全可以对自己负责，用一颗善感、纯真的心去感知爱的奥妙神奇，去倾听古老而全新的属于你自己的生命律动，去挥洒满腔热忱，去唱歌去欢舞，去感动与被感动，去爱与被爱……

生活是道场，向一朵花学活法

修行，从自我开始；修心，从当下开始。

心是起点，请和心在一起，活在爱里，活出真实的自己。

世人都渴望达到“菩提本无树，明镜亦非台”的境界，却少有人做到“本来无一物，何处惹尘埃”。其实，人生的过程很多时候已经决定了结果，但我们往往只关注结果而忽略了对过程应有的尊重。

发自内心说感谢，相信美好、相信爱，用我们的心给自己足够的温暖支持。

请向一朵花学习，学习活在当下，迎风飘香的品质。

善待自己，善待一朵花，善待每一份缘。

修行就是修正自己的言行，反思自己的内心，升华自己的思维。

这个安住的空间是可以创造的，不是随便给自己摆张桌子就可以，你要用内心感觉，怎样会让自己更舒适。

你需要一个坐下来就不想动的地方，不是多么豪华，也不是多大的空间，而是一个让自己心灵休息的安静角落。一个适合自己，有安全感，不会被打扰，一个很放松安静、温暖舒服的小空间。

当你心静下来，慢慢就会找到这样的一个地方。

放一个小垫子或者是舒服的矮沙发，让身心能够静下来，观看自己的心，这样效果比较好。你可以在这个小地方培养一个能量的磁场，一坐下来马上就能静下来，疏解疲劳，能量就会集中起来，变成是你随时恢复能量的小站。

——央金拉姆《大地母亲时代的来临》

世界无法捉摸，我是一切的根源

我的学员里有一位妈妈很苦恼，对我说：“长玉老师，我非常沮丧，在家里我的地位一点也不高，谁都不听我的。”

看着这个想要把控家庭却又面临失控状态的姐妹，我从心底里想帮她。

于是我问她：“那你有没有做过一些调整呢？”

听我这么说，她很诧异：“是他们不听我的，应该调整的是他们，怎么能是我呢？”

我又问：“你认为家里的地位是什么？”

“当然是我说了算，谁都听我的才叫地位呀。”

在这样的一问一答中，问题显而易见。

当一个人说的话没有人听的时候，在我看来，要么是说的话没有水平、没有分量，要么就是没有带给别人帮助或者对别人没有任何好处。说的稍微难听一点，就是：全是废话。要不然，怎么可能没人听？

活在别人眼中的“我”是匮乏的、虚荣的、迷失的。找不到“我”的人是无力的、空虚的甚至是压抑的。因为这样的“我”将人生托付给了别人的认可和评价，将努力交给了取悦、交给了表象、交给了无常，却唯独没有交给自己的心灵，没有运用内心对自我价值实现的渴望去挖掘我们的潜在能量。

很多女人有一个误区，认为她在家里就应该有发号施令的大权，自己说什么别人听什么，这样才能彰显“地位”。事实上，一个人，尤其一个女人在家里的地位并不需要别人凡事听她的，更多的是需要她能长出一对安静的耳朵去倾听别人。

我有一个好朋友，她在家里就是说话不多。但“听话”的时间特别多，孩子有了苦恼跟她讲，丈夫工作中有了烦恼跟她讲，婆婆有时候也来找她倒苦水，她都一一倾听，偶尔发表一些自己的观点。时间久了，神奇的事情发生了：这个朋友在家里地位特别高，她是丈夫眼中有智慧的妻子、孩子眼中最温柔的妈妈、婆婆嘴里常念叨的最懂事的儿媳妇。

这样的评价和被在意，难道不是一个女人在家里最高地位的表现吗？

当然，我不是鼓励所有姐妹都去做一个俯首听话的人，而是想提醒大家一件事：我们如何才能真正做到靠自己的价值把“地位”提高，而不是期待甚至要求别人必须做什么。

多数情况下，人们总想着去改变别人，却很少愿意去改变自己。其实，世界无法捉摸，对于“我”之外的他人，我们无权也无力去改变，我们能改变的，只有我们自己。改变了自己，世界和他人都可以为我们而改变。

女性作为母亲的时候，想去改变孩子，所以总认为孩子不懂事、不听话；作为爱人，总想去改变男人，想把对方变成自己心目中的白马王子，再不济也想把对方变成钻石王老五。而所谓的改变，就是找对方的缺点和不足，确切地说就是自己看不惯的、觉得不好的地方，这种改变的结果可想而知。

带着理解与心疼，我和前文提到的这位学员做了非常入心的交流，她跟我说在家就是总想改变孩子和丈夫。平时在家，她经常唠叨孩子不好好写作业，不把自己的物品按规矩放回原位，不能按时睡觉也不能早早起床，不好好吃饭总爱吃零食，不让玩电子产品怎么说都不改，偷偷摸摸也要玩儿；她经常抱怨老公不按她的要求把袜子洗干净，不按她的要求把烟灰弹到指定的地点，不按她的要求吃完饭就把碗筷洗干净放好，也不按她的要求在晚上 10 点之前上床睡觉。总之，她有非常多的不满意，在她眼里看到的全是问题。于是，她整个人很不好，感觉生活一团糟，天天说破嘴皮子也不管用，还把自己弄得身心疲惫。

我拉着她的手，眼睛看着她，用坚定又柔和的声音对她说“你太累了，从今天起，先学会打开、学会放下吧，放下你眼里看到的一切问题，相信一切都会好起来。从今天开始，试着改变自己，而不是改变孩子、改变丈夫”。

走进“诗慧瑜伽”，每一个坚持学习的学员都能收获很多，大部分都能改掉原先的“不以为然”或“自以为是”。几个星期过后，我惊喜地发现这位学员有了明显的变化，整个人气色好多了，脸也柔和了。她跟大家分享时说：“自从按照杨老师的指点，放松情绪，凡事从自己身上找原因，好像之前的问题都不是问题了。孩子似乎挺乖的，丈夫好像也没有那么懒散不成器。我突然发现，生活其实很厚爱我的，孩子有自己的节奏，丈夫也有自己的节奏，最主要的是我找到了自己的节奏。”

我们生活在繁杂的现实生活中，目的其实只有一个，就是找准自己的位置，按照自己的节奏去生活。自己对了，世界也就对了。

我们每一个人都在做自己的形象代言人。我们在心里面播下一颗种子，然后开始用自己的思想语言和行为为种子施肥灌溉，培养、支持它，于是，一切终将如你所愿。

活在爱中，冷暖自知，你得自己相信、自己验证。生命真的像一朵花一样写满奇迹，可以散发清香，可以全然绽放。请向一朵花学习，不以别人为意，不与世界为敌，接纳生活，接纳一切发生的，珍爱自己，敬畏生命，去做喜欢的、有价值的事情，去绽放自己。

让我们记住一段话：

一切问题源自于我

一切问题源自于我的心

我的心决定了我的思想

我的思想决定了我的语言

我的语言决定了我的行为

我的行为决定了我的习惯

我的习惯决定了我的命运

我要改变我的命运

首先要改变我的习惯

我要改变我的习惯

首先要改变我的行为

我要改变我的行为

首先要改变我的语言

我要改变我的语言

首先要改变我的思想

我要改变我的思想

首先要改变我的心

我的心对了

我的世界就对了

平凡即不凡，人生不设限

你有一个梦想，却不知道怎么去实现？你有很多天马行空的想法，却不知道怎么去表达？你有很多故事剧本，却不知道如何分享给别人？你想办一个别具一格的聚会，却苦于找不到乐于参与的人？你有一个大胆的创意，却不敢迈出实施的脚步？所有的想法，如果不去实施，最终只能流于一个想法而已。而我，始终相信，人生充满无限可能，只要敢于行动。

我一直被澳大利亚演说家尼克·胡哲那种面对多舛命运不屈不挠的精神所感动，他是一个没有四肢的"活雕塑"，但他硬是把自己活成了一个激情洋溢的人，无数正常人不敢想象的事情他都做到了极致。接受媒体采访的时候，记者问他："你是如何做到这么出色，活得这么不平凡呢？"尼克·胡哲说："全力以赴创造极致生活，这正是我的平凡之处。"

为了不让自己变成别人眼中的"残疾人"，他竭尽所能去学习生活中的各项技能，并且练出魅力四射、超级励志的演说能力，每次都会让广大听众震撼动容。

我也被美国画家摩西奶奶（安娜·玛丽·罗伯逊·摩西）所感动，她说："人生没有太晚的开始，只要喜欢一件事，什么时候去做都不晚。"摩西奶奶一生没有接受过正规艺术训练，但对美的热爱使她爆发了惊人的创作能量，留世1600余幅作品，在全世界范围举办画展数十次。半个世纪以来，她的画作穿越了国界，影响力从美国蔓延到全世界。

生命不息，爱无止息，摩西奶奶给孩子们的百岁感言充满了温暖与力量。

致我的孩子们：

今年，我一百岁了，趋近于人生尽头。回顾我的一生，在八十岁前，一直默默无闻，过着平静的生活。八十岁后，未能预知的因缘际会，将我的绘画事业推向了巅峰，随之带来的效应，便是我成了所有美国人都耳熟能详的大器晚成的画家。人生真是奇妙。

我的老伴已离去多年，自己的孩子也依次被我送走，我的同龄人也一个个离开了我。我觉得自己越活越年轻了，越来越喜欢与年轻的曾孙辈们一起玩，他们累了倦了，便喜欢围坐在我身旁，不嫌曾祖母絮叨，听我说些老掉牙的人生感悟。

有人问，你为什么在年老时选择了绘画，是认为自己在画画方面有成功的可能吗？我的生活圈从未离开过农场，曾是个从未见过大世面的贫穷农夫的女儿、农场工人的妻子。在绘画前，我以刺绣为主业，后因关节炎不得不放弃刺绣，拿起画笔开始绘画。假如我不绘画的话，兴许我会养鸡。绘画并不是重要的，重要的是保持充实。不是我选择了绘画，而是绘画选择了我。假如绘画至今，我依旧默默无闻，我想现在的我依旧会过着绘画的平静日子。

绘画之初，我未幻想过成功，当成功的机遇撞上了我，我也依然过着绘画的平静日子……

无论是尼克·胡哲的平凡论，还是摩西奶奶对人生的参悟与感怀，都在传达一个理念：人生不设限，平凡即不凡。

现实生活中，你是否相信：只有不敢去尝试的事，没有学不会的事。很多时候，往往是我们思虑过多，把自己的人生复杂化了。明明是活在现在，却总是被过去纠缠、被未来牵绊，人生当然只有一片拖泥带水。

回望来时路，我也曾有过迷惑的时候，之前我常常问自己能做什么或者说能做什么有意义、有成就的事……生命深处的声音一直在召唤着我——做一件有益于身心健康的事情，分享一些正能量，在收获健康和美丽的同时，更能让别人感受到温暖和爱。于是，我走进了印度，学习瑜伽，开始与“生命美”文化结下不解之缘……

人生充满无限可能，可以让你不受年龄所限，想做什么就去放手尝试，失败了也不要紧，尝试就是收获。无论做什么，无论哪个年龄段，都要抱定“人生充满无限可能”，只要跟着自己的心走，活出本能，就有可能。

从爱上健康和美丽的那天起，我就开始让自己早睡早起，锻炼身体，广泛交友和读书，坚持冥想和思考，让自己保持优雅美丽，不惧年龄，活出优雅从容的样子。

一个人能够取得的成就与自己的内在价值观密切相关，与自己所处的外在环境，所得到的物质条件、社会地位、外界评价没有必然的因果关系。心，是受你指挥的，它就是你人生成败的开关。你认为你的人生是什么样，就真的会是什么样。这就叫作“心能转物，即同如来；物能转人，即同凡夫”。由谁来决定做凡夫还是圣人呢——由你自己的心。

修养身心要从自己的立足点开始，从身边最近的人开始，从孝敬父母、亲近手足开始。人生可以无限精彩的出发点在于最根本的做人教育，爱人、爱物都要首先从爱父母开始，然后才能把这个爱从兄弟、家人、族群慢慢向外延伸，逐步实现天下大同，亲如一家。

从今天开始，学习接受自己的无限可能与局限性，学习肯定和欣赏自己。我完全了解：只有当我无条件地肯定与欣赏自己的时候，我才会生活得踏实快乐。当我慢慢无条件地接受我所有的一切，包括我的家庭、成长环境与外在条件、我的念头、我的盼望、软弱和勇气时，才是真正的爱自己。

我不会轻易批判自己，相反，我会肯定自己曾经的努力，并从经验中学习对我有用的功课。从现在开始，我能够和我的每一部分友善地相处，因为我知道我的每一个部分都是善良的，我爱自己的美，也爱自己的不完美。我知道我被爱保护着，充满了安全感。

我愿意成长，并为我的生活负责任。

我愿意宽恕别人和生命带给我的种种磨炼，并且创造一个我想要的生活。

我是值得被爱的，我承诺全然地爱自己、接受自己、赞同自己和欣赏自己。

我像个孩子一样重新去发现人生不同的风景，我越来越有生命力，并感到更加强壮和健康。我是一个身心平衡、健康美好又知足的人，我的每一个念头都在创造着我的未来。

我大方接受别人的赞美和肯定，也欣赏与尊重每个人不同的优点，我的生命充满希望与感恩。我和自己“谈恋爱”，并且无条件爱自己的身体与心灵。

当我全然地爱自己的时候，我就陶醉在爱的光圈中；当我沉浸在爱的光圈时，我就会吸引正向美好的人、事、物来到我生命中。

我愿意接纳关系中的光明面与黑暗面，我愿意承担关系中的阴晴圆缺与困难考验。

真爱是深刻的、美丽的、完整的。

爱是付出，也是接受。

尊重自己与爱自己，让爱为我带来喜乐而不是痛苦。

活在当下，美丽无极限

人生短暂，时光不会逆转。过去的已成过去，追悔毫无意义；未来也未可知，不应一味空想；只有当下才是实实在在被我们所拥有。只有放下思想包袱，轻装前行，活在当下、珍惜当下，才不会生活在永无止境的遗憾中，才能创造理想的未来。

给大家分享一个禅宗的故事：

有两座僧院的人，彼此之间互不服气 。

有一天，一个大和尚看到另一个僧院的小和尚快乐地在路上走着。大和尚想要压制小和尚，就问小和尚："你要去哪里？"小和尚愉悦地回答说："风怎么吹，我就怎么走。"

大和尚呆住了，他无法反驳这样的回答 。回到寺里，老和尚听了这件事，就对大和尚说："下次你碰到他再问同样的问题，他回答了之后，你就反问他‘如果风停了呢？’”

大和尚认真背诵，反复演练。

第二天，大和尚又碰到小和尚，小和尚仍然快乐地在路上走，大和尚故意问道：“你要去哪里？”小和尚开心地回答：“云飘到哪里，我就去哪里。”

大和尚又被打败了，老和尚告诉他说：“下次你再问他同样的问题，如果是阴天，你就可以反驳他，今天的云不会飘；如果是晴天，你就反驳他，今天没有云。”

大和尚仍然认真背诵，反复演练。

第三天，大和尚又碰到了小和尚，问他：“你要去哪里？”问完这句话，大和尚摩拳擦掌等着反驳他。

然而，小和尚却说：“我要去山上砍柴！”

一个真正活在当下的人，不会戴着面具、依照套路来做出反射的动作，而是让纯净的心天真地回应情境。然而，除了面具、社会性的角色之外，一般人太过于沉溺在头脑知识性的活动里，反而忘记了自己的身体、自己的心、自己的感觉。一旦不能时时关照内心，人们就会脱离当下，让思绪如脱缰野马，成为烦恼的根源。

我们每个人追求的生活、所有的工作和活动，事实上都是为了摆脱生活中的恐惧和不安，都是朝着爱的方向和彼岸去的。有一个学员最初来报名的时候，说自己有抑郁症，想换个环境，想让瑜伽帮她摆脱困境。她说自己一直失眠，每天睡觉的状态就像幽灵在梦游，白天感觉压力特别大，觉得自己活得很恐惧、很委屈、很纠结。

我们越是想释放恐惧和担心，越应该接纳这份恐惧和担心，顺其自然不去与它对抗。无论我们有什么样的情绪，学着放下、不执着，想着一切都是朝向明媚的光，不去想阴暗面，我们就可以轻松直面当下的问题。

我总是对自己说，我就是一个普通的人，没有成为超级富豪，没有生成青春不老的女神模样，也没有特别强大的本事出人头地。我对自己诚实，反而活得很轻松，在这种轻松的状态下，坦然接纳生活中遇到的一切人和事。

很多时候，我们活得累，是因为不敢跟自己坦诚，甚至戴着面具去生活，这当然辛苦了。

回到前文提到的那位学员，她之所以失眠、恐惧，就是因为活得不够坦然与真诚。她太在意生活的结果，被周围的人和事牵绊，最后形成一种本末倒置的状态，反而让自己越活越失败。后来我们熟悉之后，这个学员告诉我，她之所以天天失眠是因为自己总怀疑丈夫有外遇，长期疑神疑鬼又苦于找不到证据。

三个月后，她心态健康了，因为得瑜伽之福。我要求她，一心一念在当下，观照自己的心，而不要有其他杂念，练习舒缓情绪，让自己的心灵和身体一起做瑜伽。当她能够接纳自己的情绪，并爱上自己整个人的时候，失眠的症状消失了，怀疑丈夫的顾虑打消了，整个人的精神状态一下子好了很多。

生命流转如歌，有无数次机会可以重新开始。只要我们愿意做自己的主人，就可以让生命焕然一新；只要有足够的勇气和智慧，我们随时可以主动选择想要的内在程序，而不是永远被动地接受。

当你痛苦的时候，当你已经走投无路的时候，你必须确认一切都会过去；当你纵情狂欢的时候，当你自以为是的时候，你更要明白，这一切也会过去。任何时候，生命无须向后，唯有重新开始这一瞬间，永远欣欣向荣。我们就是要追求这样的生活状态，活在当下，诚实面对自己当下的各种状态，接纳一切不如意，松开执念，不去想让你不开心或恐惧的事。

生活其实很简单，下面分享几个帮助我们活在当下的小技巧：

（1）每天早上起床前任性伸懒腰，来几个深呼吸，快节奏地刷牙洗脸，化妆时偷着乐，选择当天服饰，充满自信，像公主出门似的隆重而自在；

（2）每天入睡前用10分钟的时间，自己对着镜子微笑、放松身体、找回愉悦的自己；

（3）遇到自己不喜欢的人和事情，记得深呼吸三次，平复情绪，然后微笑；

（4）对蓝天白云、花草树木、小动物、陌生人心存感恩，看到生活中一切美好；

（5）随时随地保持微笑，发自内心的提高微笑的能力，让微笑成为自己的招牌动作。不用抱怨环境的幽暗乏味，去把窗帘拉开、把门打开，阳光自然会进来。

你需要解释吗？

你需要再去论证吗？

当阳光瞬间到达的时候，我们自然知道以前活在阴暗狭小的世界中多么不光彩，多么自以为是。以前我们稀里糊涂、随波逐流，现在我们独立自主、双眼清澈、内心光明。

这个时候，我们才懂得活着的珍贵与美好。

当我们说世界很美的时候，这不应该是一个概念，而是你用全部身心的真实触摸、感知的综合体验。当你可以和自己在一起安静、真切地感受周遭一切变化的时候，世界从此变得阳光明媚、鲜活生动。

在挫折与疼痛中化茧成蝶

英国哲学家培根说："超越自我的奇迹多是在对逆境的征服中出现的。"话虽这么说，但在实际工作和生活中，多数人还是期盼顺境而不愿面对挫折。而现实似乎总爱捉弄人，不断地给我们制造挫折。

现实中的挫折会让人感到痛苦，这种痛苦来自心灵深处，比肉体疼痛要更难忍受。

然而，挫折给人带来的痛苦并不可怕，痛苦本身就是一种"清心剂"，能使外化的心智变得内敛、使躁动的情绪趋于冷静、使麻木的神经变得清醒……挫折是一种挑战和考验，真正的强者必须迎难而上，勇于战胜挫折。

当我们真的长大成人，一定会懂得没有人会为我们的人生埋单。我们必须为自己的选择、为自己的情绪、为自己的过去、为自己的现在、为自己的未来、为自己的爱、为自己的一切负责。

在“诗慧瑜伽”课堂上有位单亲妈妈，因为长得漂亮，我们都叫她“小美”。姐妹们亲切地称呼她“美丽的陀螺”，因为她一个人既带孩子又工作，还要抽出时间练瑜伽，甚至带着儿子一起练亲子瑜伽，整个人忙碌得像只不停旋转的陀螺，却从来没有看到她对生活皱过眉。

有人问她：“你怎么选择做单亲妈妈呢？”“没有父母的反对么？”“孩子不跟父亲一起生活怎么办呢？”“你怎么可以一个人又带孩子又工作呢？”每当面对这么一连串的问题，她只会淡淡回应一句话：“都是被生活逼出来的。”

有一次，小美给大家讲了她的经历：25 岁之前还不成熟，是被“圈养”的人。26 岁那年，遇到了孩子的爸爸，他就像少女爱情小说中走出来的“高富帅”的白马王子。于是，十分般配的两个人开始了甜蜜的恋爱，并在两年后修成正果，开始了同居生活。一年后，迎来了他们的宝贝，但怀孕 3~4 个月的时候，她才知道那个男人已经有了家室，而且还有个孩子。小美是重感情的女人，从最开始在一起，就投入了非常多的感情。男人在被发现以后，也坦白了，并希望继续保持这样的关系。

在儿子生下来一个月的时候，曾经信誓旦旦的男人却经常借口出差，隔三岔五离家出走。体会到自己养育孩子的辛苦和男人不在身边的凄楚，这样的痛苦疯狂地折磨着她，也让她意识到当生活中悲痛大于欢乐时，肯定是方向错了，不能再闷头往前了，需要换一个方向。

人需要不断学习，认识错误、接纳错误，并且改正错误，这样才能在痛苦中慢慢成熟。小美把这件事当成了一次人生的挫折和打击，好在她是一个能及时止损的人，并暗自庆幸：还好没有结婚。

分手后，男人又来找他，那时儿子已经 8 个月了。男人要带走孩子，要剥夺小美对孩子的抚养权。小美当然不肯，经历了将近半年的官司，最终小美拿到了抚养权。

看着幼小的儿子，体味着支离破碎的感情，小美没有时间哭，她只能在挫折与疼痛中咬紧牙关，用行动迎接现实生活的残酷挑战。已经几年没有工作的小美开始找工作，好在妈妈在这个时候对她伸出了援手，帮忙照顾幼小的孩子。

诉不尽的艰难困苦，数不完的倔强奋斗，熬过最艰难的三年，小美已经完全蜕变。她不但还完了房子的按揭贷款，而且开了一个不小的美甲店，小生意非常红火，孩子也身心健康。如今，她能够笑着谈起这件外人看起来不光彩的事情，就已经看淡了伤痛与挫折，并把这份挫折历练成了人生财富。

她笑着跟大家说，以前她加班很晚回家，看到母亲和儿子一老一小窝在沙发上沉沉睡去，那样的场景总是让她鼻子发酸，觉得对不起儿子也拖累了母亲。正是经历了这样的“成长期”，她甚至感激曾经“走投无路的那段时光”，原来人生真的可以这样重新活一次！

是啊，请允许自己用一点时间，在身体和内心深处跟“真我”连接、跟自己和解。你需要接纳自己所有的过去，包括接纳自己的错误；接纳那个不如意的童年；接纳那个伤害你、不断折磨你、到今天你依然不能原谅的亲人；接纳第一次被男朋友抛弃的挫败感；接纳一切不想接纳的东西。如果它已经真实地发生了，睁眼闭眼之间、呼吸之间、接纳的瞬间，一切都可以改变。如果你相信你自己，知道自己想要什么，那么闭上眼睛随时跟过去和解，睁开眼睛马上就是崭新的现在。

当挫折站在我们面前时，我们就开始了选择。我们可以选择放弃，绕道而行，避免遭遇挫折而难过，也不用去付出什么努力。当然，我们也可以选择正面迎战挫折，虽然我们为此付出了辛勤的劳动，但我们收获了战胜困难的喜悦与智慧。

每个人都是一个被智慧和爱涵养的生命，作为自己生命的主人，手中握着通向各种境遇的钥匙，只有你自己能决定你是谁以及你将会是谁、你能影响谁。

当你遵循内在的声音，遵循“真我”的爱的指引，你的内心便不再苦楚和冲突，你会与喜悦平和相伴，用生命自由的方式冲破生活的囚禁，进而拓宽自己与周围人的关系，让所有关系都建立在爱的基础上。当你以一颗平常心走过人生的风风雨雨，一定会收获金色的果实。

作为女人，我们从懵懂走向清澈，可能要走一些弯路、受一些伤，这是生命之树的伸展轨迹，也是每一个人成长的代价。不要因为畏惧而躲避，不要因为保护而拒绝。有些人与事，只有经历了，才能品尝出世态百味。有些弯路，会有伤痛，但也只是一阵子；有些看似是弯路，我们绕过了，然而那种伤痛，却一辈子也没有散去。

你永远归属你自己，也永远只有你能决定自己到底是活在爱中，还是活在苦中。

做一个坚强的女子，坦然面对，勇敢体会，忘记那些已经消逝的人和事，扔掉悲伤和孤寂，摆脱无助和迷茫。相信自己不是弱者，可以不断地完善自己，通过自身的努力化茧成蝶，用实力证明自己是一个有能力、有魅力的女人！就像心理咨询师作家武志红老师说的那样，如果每一刻都是终极考试，那么每一次挫折都是致命的、都是难以接受的。但若从整体的角度看人生，那么每一次挫折都具有非凡的价值，它们实际上帮助我们拓宽了生命。

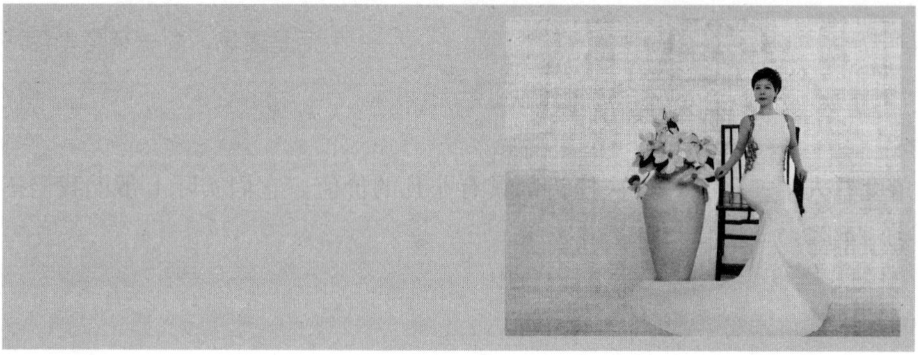

别人是我们的镜子

相信没有人会承认不知道自己是谁。如果真有人质疑此事，你一定会说："我就是我啊。"但是你可曾想过，我们所认为的"我"究竟是什么？是他人眼中的"我"吗？如果不是，那会是什么呢？事实上，每个人看到的"我"都是别人眼中折射出来的影像。因为，别人是我们的镜子。

我们常说生活就像一面镜子，你对他哭，他也对你哭；你对他笑，他也对你笑。一个觉得世界安全与温暖的人，往往是一个内心充满爱的人，正是因为她心中有爱，所以她才有能力看到世界上的爱，才有能力让自己感受生命中安全与美好的部分。否则，世界对她而言，就会遍布丑陋与邪恶。

有位心理学家在对自己孩子的观察中发现，孩子在经历了一件痛苦或快乐的事件之后，会在以后不自觉地反复制造同样的机会，以便体验同样的情感。这位心理学家把这种现象称为"强迫性重复"。在人际关系中，这种现象可以理解为一个人小时候形成的关系模式的不断复制。例如，小时候的关系模式是信任，那么一个人就会不断复制信任，他不仅能赢得一般人的信任，还能赢得那些很难相处的人的信任。相反，如果小时候的关系模式是敌意，那么一个人就会不断复制敌意，不仅对那些与他有冲突的人充满敌意，对那些有善意的人也充满敌意，最后这些人也真的对他从友善转向了敌意。

这提醒了我们：在与人相处的过程中，不但要体会对方的心理，还要有意识地修正自己的内在，时刻检视自己。

很多时候，并不是世界不安全，而是恐惧的人将内心太多的不安发散到了周围，所以他们看到的恐惧恰是自己无法承受而"扔"出来的，在心理学上，这叫投射。打个比方说，我们自己就是一台投影仪，当我们看到墙上写满"危险"与"丑陋"时，我们会以为那是墙上本来就有的字，却没有想到，那些字其实是从我们心中发出的。如果我们能在心中写满"欣赏"与"爱"时，那墙上写满的同样是"欣赏"与"爱"。

所以，当一个人感受到来自周围的爱时，那往往说明他有能力爱这个世界；同样，如果他感觉他的周围充满了敌意，那敌意也往往来自他自己的内心。别人如何对待我们，实际上是我们自己一手造成的。

生活中我们所遇见的一切，无不是与人建立关系的模式，产生的痛苦或喜悦、认同或不认同、赞赏或厌恶等，都是我们将内在生命中的价值观与情感好恶影射到外在世界的心理显现。在人际交往中，认知者形成对他人的印象时，总是假设别人和自己具有相同的倾向，因此便出现了以己度人的情况。

我国近代思想家梁启超在《惟心》一文中说："戴绿眼镜者，所见物一切皆绿；戴黄眼镜者，所见物一切皆黄；口含黄连者，所食物一切皆苦；口含蜜饴者，所食物一切皆甜。一切物果绿耶？果黄耶？果苦耶？

果甜耶？一切物非绿、非黄、非苦、非甜，一切物亦绿、亦黄、亦苦、亦甜，一切物即绿、即黄、即苦、即甜。然则绿也、黄也、苦也、甜也，其分别不在物而在我，故曰：三界惟心。”

要想改变自己，必须了解自己，学会爱自己。爱自己的前提是正确、全面、深刻地了解自己，从生命的四个视窗——身体、情绪、思想和爱向内探寻，我们会触碰到更加真实、丰富的生命图景。

你需要了解自己的身体情况，要控制自己的身体不超载，要懂得劳逸结合、美容养生。

你需要了解自己的性格特征和情绪状态，努力修身养性，做到待人接物如春风润雨般和美。

你需要了解自己的潜力与“瓶颈”、了解自己的伤痛与梦想、了解自己的底线和目标。

你需要学习呼吸、觉察、接纳、承认、臣服、调整、行动，提升自己爱的能力。

一个人只有改变自己，才具备了幸运的前提，才会被幸运之神眷顾。

春秋战国时代，燕国有个叫赵礼的人，他有一块挨着路边的田地。由于紧挨着田的这段路比较低洼，下雨就会积水，道路泥泞，难以行走，所以过路人只好踏着他的田走过去。这让赵礼感到非常生气，于是他在田地头上插了一个“禁止通行，违者罚银两”的牌子。但行路人似乎视而不见，依然从他的田地里穿行。他一气之下，便在低洼路面和田地中间挖了一条让人跨不过去的沟。没想到，这不仅没能堵住行人踩踏地面，反而由于行人要绕大弯子而踩踏了更大面积的田地。为此，他常常与行人争吵不休，气得寝食不安。

过了些时候，他的心慢慢平静了下来，开始换位思考，觉得行人总是要走这条路的，谁也不愿意走泥泞小道，如果把这条低洼的路修好，行人不就不从田里过了吗？

于是，他排除了路面上的积水，挑土填平了低洼路面，修了一条平坦的小路。

从那以后，行人再也不踩他的田地了。

别人是我们最好的镜子，你怎样对待别人，别人就怎么对待你。你不为别人着想，别人就不会为你着想；你替别人着想，考虑别人的方便，别人也会替你着想，考虑你的利益。

是的，并不是别人改变了我们，是我们通过别人看到自己的局限，从而改变了自己。学会换位思考，学会活在当下，人生将从此焕然一新。

向一只雀跃的小鸟学习，向一朵盛开的花儿学习，活在当下，活出自我，接纳一切，与万物共荣，活出本真的样子，就能收获最和谐的世界。

当我看到人们举止粗鲁，我很生气，因为这种行为刺激了我虚伪的内心。

如果我有所觉悟，我就会透过行为看到他们心灵空虚，也反观自己的耐性。

当我看到人们怒气冲冲，我很生气，因为它暴露了我心胸的狭隘。

如果我能觉悟，我就会看到他们其实是悲观失望的。

当我看到人们满腔仇恨，我很生气，因为它揭开了我曾经的伤疤。

如果我能觉悟，我就会看到他们内心深受伤害。

当我看到人们冷酷强硬，我不舒服，因为这勾起了我冰冷的回忆。

如果我能觉悟，我会看到他们其实是在担惊受怕。

当我看到人们道德败坏，我很气愤，因为这触犯了我敏感的神经。

如果我能觉悟，我就会看到他们其实是缺乏自尊。

当我看到人们自私索取，我很气愤，因为他们没有按我的标准做事。

如果我能觉悟，我就会看到他们是在渴望帮助。

当我看到人们不择手段，我很郁闷，这刺破了我活在完美世界的幻想。

如果我能觉悟，我就会看到他们是在恐惧失败……

忽然明白：我看到的对面那个人就是我自己，我该如何面对自己呢？忽然发现：每个人都是上天送我的“礼物”，而我之前却将其抛弃。于是上天不断重复送给我同样的礼物，直到我学会换一个角度去看问题，从而不再抛弃并接受这个礼物。

每个人都是“启示”，成熟的人可以在别人那面镜子中看到自己，并修正自己。

感恩生命中所有的遇见

有位过了百岁的老太太耳聪目明，老而弥坚。

有人向她请教长寿秘诀，老太太笑了："我有一服灵丹妙药，那就是每天花三分钟时间感恩：一分钟感恩父母、丈夫、儿女、邻居和陌生人；一分钟感恩大自然给予的种种关怀和体贴；一分钟感恩每一个祥和、温暖和快乐的日子。"

多好的人生箴言啊！每次看到这么智慧的言论，我的内心深处都会涌起温暖与感动。感恩使她心里永远流淌着幸福的泉水，有这样的"神水"滋养，身体自然健康，生命自然长久。

感恩，是启动人生美好的按钮。

感恩，激活我们心灵中善良坚强的力量，是一切幸福如意的内在源动力。

感恩是帮助我们找到自己的最佳途径，也是一个人与世界、与他人连接的最佳方式。

网络上流传着这样的一个小故事：一个孩子和妈妈吵架了，生气地跑到街上游荡。走了很长时间，又饿又累，他看到一个面摊，热气腾腾的面条充满诱惑。但孩子没带钱，幸好面摊主人是一个善良的老婆婆，她主动请孩子吃了一碗面条和一碟小菜，小孩子满怀感激，说婆婆真是天下最好的人。老婆婆听了，平静地说道：“傻孩子，我只不过煮了一碗面条给你吃，你就这么感激我，那你妈妈煮了十多年的饭给你吃，你怎么不懂得感激她呢？你怎么还要跟她吵架？”一句话点醒了孩子，他马上跑回家感谢妈妈去了。

其实，这句话也应该点醒无数身在福中不知福的人。

幸福的生活源自感恩和创造，而真正的感恩、看见、不计较地付出、无条件地爱一个人都是难之又难的事。很多时候我们说要看见、要懂得感恩，尽管“感恩”这个词语已经被用滥了，但在与人相处时一旦出现问题的时候，我们立即有“凭什么”这样的想法和话语，而一旦我们有了“凭什么”的想法的时候，所有的付出、所有的关系也就受挫了。

一位心理学家说过：“一个人永远活在他自己的思想、信仰、理想与哲学创造出来的环境中。”据此，我们可以推理一下：感恩与抱怨是两种截然不同的人生态度，所关注与吸引的事物和形成的结果是不一样的。

感恩的人关注、吸引美好的事情：感恩的心——关注美好事物——形成积极期望——涌现积极改善——形成积极有效的行动——从而造成积极结果；相反，抱怨的人则关注、吸引不满的事：抱怨的心——关注不好的事物——形成消极期望——涌现消极改善——形成消极行动——从而造成消极的结果。这样一来，感恩的人越来越美好、越来越富有；而抱怨的人，越来越烦恼、越来越贫穷。

感恩是一种能够穿透生命的智慧，搭起了两个生命相互温暖的桥梁。

把“恩”字拆开，就是“因”和“心”。正因为有了一颗心，感知爱和温暖的心，人们才会用真情温暖回馈彼此。从一个人呱呱坠地起，就沐浴着太多的恩情：父母的养育呵护，师长的传道授业，夫妻的相濡以沫，朋友的意气相投，邻里的真情帮扶，素昧平生者的无私援助，更有社会提供给我们的良好生存环境和发展机遇，乃至大自然的阳光雨露、春华秋实。

活着，总是要怀着一颗善良美好的心走路、赏景。

有的人在热恋中，有的人在单身状态，有的人在婚姻关系中——这些都是一些外在的状况，不足以衡量一个人是否幸福。即便你孤身一人，如果你懂得感恩、懂得爱自己，能够与异性和谐共处，你也不会感到焦虑。反之，即便我们处在婚姻中，如果我们任性自私，以自我为中心，那么，跟谁在一起都会遇到很大的挑战。

怀揣一颗感恩的心，学习爱，懂得爱，在内心世界真的长大成人，是幸福的第一块基石。

我们活在这个世上，每一天需要感恩的人和事太多了。对于给予我们生命的父母，我们要用一生去感恩；对于给予我们传承的孩子，我们也要用一生去感恩，是孩子让我们懂得什么是责任、什么是担当、什么是一脉承继；对于朋友，我们更要心存感恩，不同的朋友给我们不同的指引和关爱，让我们以他们为榜样去学会接纳和给予。

我们感恩，每天早晨能看到太阳照常升起，我们最亲最爱的家人和朋友平安健康，生活依然平静，没有遭遇打击或意外。

我们感恩，有好胃口吃想吃的美食，有精力来一场说走就走的旅行，有自己的爱好，有自己热爱的事业，有伴侣和孩子，有朋友们一起过自在的生活。

我们感恩，即使没有大富大贵的生活，但我们有平凡又知足的心态，不仰望、不奢求，过自己能够得着的日子。

感谢生命中的遇见！一些人、一些事、一些景，无论好坏，都是生活赐予的馈赠。从中所感、从中所悟，都是生动的一课，终会教会我们如何去生活，并且找到属于自己的生活，认清自己、找到自己，也终于找到属于自己的美丽！

不论在我的生命中出现什么风雨，我都会勇往直前，我承诺会一直努力，为自己及身边的人创造和谐、健康与幸福的人生。我知道我是值得的，从今天开始，我带着爱自己的心愿，尽己所能去帮助别人；我带着爱别人和爱世界的心愿，去奉献、去创造，让生活变得更美好。

我深信所有发生在我生命中的事都有它的意义，不挣扎、不期待、不害怕，只是接受一切的发生，随顺人生的因缘，保持关照，让它来、随它去。

心怀感恩，是一种积极的人生态度。这种心态无论对生活还是事业，都是至关重要的。如果一个人能始终心怀感恩，用美好吸引更多的美好，就一定能够获得成功。

在我无尽的生命旅途中，活着就是最大的恩典。

在关系中成长与歌唱

一个人活着，必然面对三种关系：和外在世界的关系、和他人的关系、和自己的关系。每个人迟早会面对这三种关系，我们无处可逃。

人是社会的人，人要在社会中营造诗意的栖居环境，离不开人与人之间的友好亲善、温暖互助、以诚相待。

社会关系的认知在本质上是以自我为中心的人际认知网络，指个体对自我与他人、他人与他人之间关系的认知。一个家庭、一个单位、一个社会，如果能做到人与人之间和谐相处、友善协作，就能最大限度地激发人的创造力，为健康和谐的工作、生活提供强大的动力和支持。

人际关系是以人的情感为联系纽带，不同的人际关系引起人们的情感体验不同。亲密关系引起人们愉快的体验，令人心情舒畅；疏远的或敌对的关系，会引起人们不愉快甚至憎恶的情感体验。

人际关系对工作效率也有重要影响，人际关系好，团体成员感情融洽，心情舒畅，有助于发挥工作的积极性、主动性、创造性，从而大大提高工作效率；反之，人际关系不好，相互猜疑、冲突、拆台、关系紧张，工作不协调，将大大降低工作效率。

所以，人与人的相处以及生活的过程中，实际上都是在处理一个又一个关系。而在所有的关系中，我们和自己的关系是基础。一个人如果经常失眠、胃口不好、不会笑，就说明和自己的关系出了问题。如果一个人与自己的关系亲近，则生活将是有活力、充满创意与能量的；若与自己的关系是疏离的，则容易感到厌倦生活、无力及消极。

人们常常错误地认为，自己生活的周围是透明的玻璃，我们能够看清楚外面的世界。其实，所有人的四周都是一面十分巨大的镜子，镜子反射我们个体生命内在的历程、价值观和自我的需要，即我们看见的并非外面的世界，而只是自己，我们所遇到的他人都是自己的另一个影子。说的浅显一点，一个纯真善良的人，会以为别人都是善良的；一个经常算计别人的人，会认为别人也不怀好意；一个喜欢嫉妒别人的人常常会把别人行为的动机归纳为嫉妒，觉得别人是在嫉妒自己。因此，要想和别人有好的关系，首先要跟自己和好，笑着接纳生活。

好好地接受和面对问题，我们就不会再那么依赖身边所爱的人，从而活出一段更美好的关系。就像瑞士心理学家荣格所说的——“问题不能被解决，但人可以成长，从而跳脱问题。”这里的跳脱，应该是指从自我固化的思维框架中解脱出来，从矛盾中吸取智慧和教训，有力地担起本身该担负的责任。善于去发现问题，勇于从内省开始，而非一味从外界去祈求答案，是一个人觉醒的开始，也是生命真正成长的开始。

人能收获快乐和幸福的源头，在于各种关系处理得好，能够实现人际交往的平衡状态。彼此的付出和给予在关系中、在利益中、在付出中、在情感中能真正平衡，自由地给予，也自由地获得，让情感自由地流动，这就需要双方都具有极大的智慧。

我们在智慧不够、被头脑或情绪所操控的时候，就会有一种“受害者情绪”产生。当受害情绪侵占我们的身心时，我们总会觉得自己付出得多、对方给予得太少，或者自己给予了很多，对方没有给予真正的重视和回馈，又或者责怪对方没有把自己当作唯一来看待。而这一切情绪上的反应往往来自我们小时候没有被满足的身心需求，与当下的事实真相本身并没有太大关系。

因此，每次听到特别熟悉的两个朋友同时叙述不同版本故事的时候，我总在想，生活在这个世界上，每一个人都希望拥有幸福、自由、快乐的生活，却因为每个人带着自己的经历、观点和评判，计算着自己付出的多与少，忽略别人的给予和付出，而让自己离幸福越来越远。我多么希望姐妹们通过学习爱，首先能够对自我负责，让内在自信、强大，同时保持温柔、友善的连接能力，活在圆融的美好世界里。

经常听身边的朋友说：“最难处理的就是关系。”生活中的各种关系只要有不顺畅，人们就很难平和快乐。关系智慧不够的话，就会导致人和人之间不是像蒙着纱，就是像隔着墙，有的甚至是隔着鸿沟般难以靠近。生活中的很多误解或隔膜实际上都是由于人与人的生活状态存在差异，因而造成思维角度和方式的不同所引起的。所以在关系中，每个人必须找准位置——那个爱的位置，情的位置，可以相互感知与懂得的位置。在此基础上，用心交流，才能滋养生命，才可以感受到幸福。

一个人如果能先从自我修炼开始，做到有修为，有内省，有疏解，能够设身处地为别人着想，言行就会充满爱和正能量，不但能给他人带来温暖，还有利于许多事情顺利解决，让自己的人生过得顺风顺水。

前面我说过，生活的本质就是不断处理与各种人的关系，处理得好则生活遂顺，处理得不好则处处受阻。家庭的主要关系就是夫妻关系和亲子关系，而女性在这些关系中均属于主导角色，所以一个家庭的稳定幸福与否，很大程度上取决于女性处理关系的智慧。

嫁与不嫁，单身还是已婚，并不是衡量一个女人幸福与否的标准。一个单身的女人，照样可以让别人肃然起敬，照样可以活得快乐幸福。你的尊严、你的美、你的爱的能力才是属于你自己的生命价值。

有句话说得好：懂得爱自己，跟谁结婚都一样。也许你会觉得不可思议，但我们确实不能总是期望伴侣帮自己找到真正的快乐。无论我们和谁结婚，最终总是会与自己相遇。因此，当婚姻痛苦搁浅时、当内心充满愤怒时、当彼此仇视厌恶时，恰恰是个人成长与婚姻蜕变的转机。即使有时候必须要面对婚姻的解体，那么在一段错误的亲密关系中吸取教训，真正做到自我觉醒，也是进行自我修为的成长必修课。

正如加拿大心理治疗师克里斯多福•孟在他的一本书中谈到的："生命是一次爱的觉醒和传承，亲密关系是通往内在纯光纯爱的道路。它用来帮助你认识自己，进而愈疗你的创伤，最终找回真正的自己，因此，它是通往我们灵魂的桥梁。"

爱是存在的，爱让所有的关系圆融鲜活，爱让世界如此美好。

活在爱中，相信善良，做一个身心健康的人，做一个创造美好的人。

让自己更好，让别人更好，让你身边最重要的人因为你而更好，这就是爱。

带着温度，与身边的人连接，敞开怀抱去拥抱美好，这就是生命美的品质。

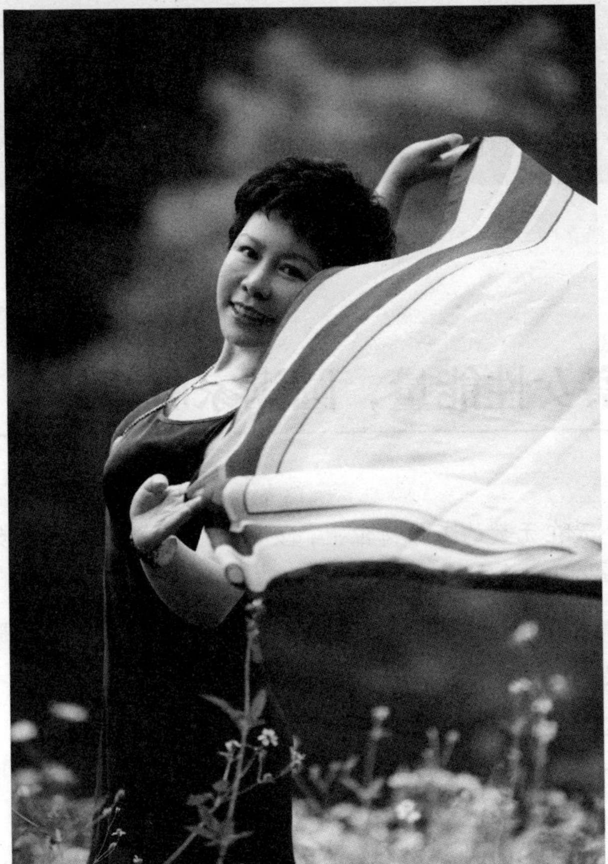

觉察女性能量，圆满家庭生活

今天在无数的工作岗位上，女人比男人更有优势，女人在社会生活中扮演着越来越重要的角色。

睿智的男人应该乐观地看待这一切，因为这一切正是人类进步的结果。

这个世界最后的发展是什么趋势？

女人可以更完整，男人也可以更完整。

女人越来越尊重男人，男人越来越宠爱女人。

男人在和女人的良性互动过程中，保有或者叫绽放各自的美与力量，阴阳和谐，彼此滋养。

滋养，是指一种富足的状态，是被自己、被别人所感知到的能量。无声、无形，却如朝阳、如雨露、如春日万物复苏时的大地。向内，滋养自己的生命；向外，这种被自我滋养的生命所散发出来的能量，会滋养身边的每一个人，如水，至善；如大地，至爱。

我和谁都不争，

和谁争我都不屑；

我爱大自然，

其次就是艺术；

我双手烤着生命之火取暖；

火萎了，

我也准备走了。

——[英]沃尔特·萨维奇·兰德《我和谁都不争》杨绛 译

女人是人世间最好的风水

很多人都相信风水，相信命理大师，相信好的风水可以让人逢凶化吉、家庭兴旺。

以前看过一句话：住宅造人，人造住宅。一个好的家庭环境能给人带来好运气，同时，一个自带正能量的人也能造就一个温暖和谐的家。反过来，如果人自身充满负能量，家里天天鸡飞狗跳，人的身心怎能安好？我想这就是“住宅造人，人造住宅”的真实内涵。

很多女性朋友在课后问我：“如何才能做到每天心平气和，让爱充盈心间而不烦躁呢？”

诚然，这是很多女性朋友面临的问题——家务、工作、孩子、夫妻关系环环相扣，一不小心就把自己变成了连轴转的“可爱小仓鼠”，飞快地蹬着轮子停不下来。因为疲于应付生活中各种事务，导致自己身心倦乏，原本的好心情、好脸色、好语调统统不见了。孩子觉得妈妈脾气太坏，需要一个“灭火器”；老公觉得妻子太能发牢骚，需要备点“下火药”。这种情况下的女性，做三头六臂的哪吒都不够，恨不得变成孙悟空，可以七十二变降妖打怪，还谈什么悦人悦己，纯粹活成了黄脸婆，每天耷拉着一张“破坏风水的脸”……

当你无法胜任生活中的各种角色，抗拒或者否定其中的任何一部分时，你的能量就会消弭。久而久之，就会演变成身体上的紧张，经过更久时间的积累，会造成细胞病变，引发身体疼痛。而且，当你不允许能量流动，也会无意识地培养出阻碍自己的信念，成为一个不自在、反复束缚自己的人，在现实生活中就容易陷入各种烦恼。

相反，如果通过学习与成长，你可以调适身心，允许能量通过自己的生命流动，你就会体验到“身心合一”的力量与价值感，创造自己的和谐“小宇宙”。

“诗慧瑜伽”有一堂唤醒内在能量的冥想课，通过冥想来清理负面情绪、清理内在堵塞、清理情绪的淤积、清理身体与精神上的毒素，疗愈身心，找回生命能量，帮助练习者体验真正的平静与安宁，唤醒内在的智慧、爱与慈悲等，特别受女性朋友的欢迎。

我经常与学员们分享，一个女人的美不在于是家庭主妇，还是职场女强人；不在于是窈窕妙龄少女还是半老发福阿姨；不在于是刚谈恋爱的懵懂青涩，还是走进围城的成熟稳重，真正重要的是能不能扮演好自己当下所处的角色，并在角色转换中进退自如、摇曳生姿。

智慧的女人，可以全然享受工作、享受生活，让工作和生活同频；可以全然享受爱情、享受婚姻，让爱情和婚姻同频；可以全然享受家庭、享受事业，让家庭和事业同频。智慧的女人，拥有完整独立的人格，在经济上她不会依靠任何人，因为她懂得坚实的经济基础是维护自我尊严的必需。通过经济的独立，可以享受获得成功的满足感。在精神世界，她不是某个男人的附属品，懂得通过交友、读书、写作、思考，充实自己的内心，并学会享受独处的乐趣。

一个充满正能量的女人允许所有生命力通过她而流动，不会抗拒自己感受到的任何情绪。喜悦的感觉进入的时候，她会好好享受；悲伤的感觉进入的时候，她也会好好陪伴。她或许会在这一刻哭得很悲伤，下一刻就能哈哈大笑，不懂她的人可能会感觉她像一个情绪不稳定的孩子。可她是如此自然坦诚，如此生动真实，如此健康、有活力。

网上有个故事，说一个人请风水先生去自家墓地看风水，途中远远看到墓地方向鸟雀纷飞、惊慌失措。于是他猜是有孩子在旁边的树上摘果子，怕到了那里吓得孩子从树上掉下来，就让风水先生回去了。然后风水先生说："你家的风水不用看了，就你们这样的人家，干什么都会顺当的。"那人不解，风水先生一语道破："世间最好的风水，是人品！"

人的善良品性，足以改变坏风水的影响。比如，一个整天笑意盈盈的脸和一个整天愁眉紧锁的脸，哪一个让人看着舒服？一个穿着得体、整洁有序的人和一个邋里邋遢的人，哪一个让人愿意接近？一个说话口吐莲花、温柔亲切的人和一个说话咄咄逼人的人，哪一个让人愿意沟通？答案显而易见。

风水通过女性能量而体现在女人身上，女性能量是上帝赋予女人最美的礼物，是世间最滋润、最富有生命力的能量——柔软、接纳、慈爱、性感与温暖。孙中山先生说"天下的太平安危看女人，家庭的盛衰看母亲"，这是对女人最高的赞许，也是最大的期望。

一个家庭的家风家道建设，女人要负更多的责任；对于一个家庭的安定幸福，女人的作用也超过男人。一个通情达理的女人是家庭矛盾的润滑剂，是联结家庭成员情感的桥梁和纽带。女人打扮得干干净净，家里往往就整整齐齐；女人穿得邋里邋遢，家里往往也乱七八糟；女人斤斤计较、小肚鸡肠、无事生非，家里肯定永无宁日、鸡飞狗跳；女人大方得体、善解人意、通情达理，家里必然财运旺盛、老幼健康。女人天生就是水做的，这个“水”就是家里的风水。女人是世界的源头，源头清则水流清，源头浊则水流浊。

所有外在显现出来的美好的东西，都会重复吸引跟自己同频的美好。你是什么，就吸引什么、创造什么，在我看来，这就是风水。

女人的品质就是家里的风水。一个家庭是否幸福平安、后代是否上进，跟这个家的女主人的一言一行有着很大的关系。当一个妻子就做好妻子，当一个女儿就做好女儿，当一个母亲就做好母亲，安守本分、灵活转换，这本身就是一种能量，会影响身边其他的人。

我相信大自然中有一股神奇的力量在影响着每个人，我更相信女人是人世间最好的风水。

德才兼备的女子是爱与美的化身，走到哪里旺哪里，是引导家庭和社会前进的核心力量。

妈妈的爱，让孩子快乐成长

《孟母三迁》《陶母退鱼》《画荻教子》《岳母刺字》，古代四大贤母的故事很多人耳熟能详。如今读来，那种舐犊情深和正气浩然的母爱仍令人感动不已。喜欢读史的人可能会察觉，每一位成就非凡的伟人身后，几乎都有一位聪慧、有见地、三观正确的母亲。

有人曾经说过："推动摇篮的手，也是推动世界的手。"母亲的爱，决定孩子一生的幸福；母亲的教育，决定孩子一生的成就。

关于父母爱孩子以及如何去爱孩子，市面上相关的书籍层出不穷。大部分家长和教育者已经知道，优秀的孩子源自爱，源自有爱的成长环境。对孩子影响最大的是家庭，家庭中影响孩子最深远的是妈妈的爱。

由于血缘关系所形成的天然感情纽带，使母亲在教育和培养子女方面有得天独厚的优势。母亲与子女朝夕相处，对孩子的个性、情绪、爱好等最为了解，可以根据实际情况及时发现问题，加以正确的引导和规劝，教育效果更好。孩子具有模仿的天性，尤其在成长早期，父母的榜样作用更为明显。从受教育者的角度分析，子女对母亲有一种与生俱来的依赖和信任，更容易接受来自妈妈的教育和引导。

作为妈妈，我经常问自己，能给身边的人带来什么？仅仅是带给家庭经济支持就够了吗？

我也跟很多同龄的父母聊过，多数人认为赚钱给孩子吃好、穿好、用好，能上好的学校，将来能帮孩子谋得一份工作就够了。但我认为这些远远不够，或者说这些都不是父母带给孩子最主要的财富。

一个好母亲，首先是一个爱的创造者与传播者。在家庭里，妈妈是黏合剂、是家人沟通的桥梁、是家庭温度的缔造者。

家庭就像一条船，孩子是乘客，老人也是乘客，而妈妈要当掌船的舵手。所以，妈妈首先要爱自己。只有具备了爱自己的能力，才有爱别人的机会。为人母的你不应该为家庭放弃自己的人生追求，更不能舍弃自我关爱，在和孩子们在一起的同时，也要学会善待自己，照顾好自己的身体，健康饮食，坚持锻炼，并且保持高品质的人际往来。

其次，爱惜自己的家人。妈妈应该有能力对家庭成员表达关爱之情，善解人意，悦己悦他，当妈妈开心的时候，整个家庭就会充满欢声笑语。

最后，爱孩子就要多陪陪孩子。当结束一天工作的我们回到家里时，疲惫让我们只想躺下休息，但这也是工作日中唯一能和孩子们在一起的时间，所以我们不应该浪费这些时间，尽可能地与孩子们亲密互动。周末的时候，花尽可能多的时间和孩子们在一起，做游戏、讲故事、做家务，这都是为人父母能为孩子所做的重要的事情。共度亲子时光，不论对父母还是对孩子来说，都是一种幸福的享受。

中国台湾心理学博士洪兰女士说，从人类演化角度来看，母亲是家庭的灵魂，母亲快乐则全家快乐，母亲焦虑则全家焦虑。这不是给女性加压，而是提醒我们：当我们走入婚姻，与家务完美、自己完美、小孩完美相比，自己的身心愉悦才是需要放在第一位考虑的。

妈妈对孩子的教育形式不仅是讲道理，更重要的是我们平时的言谈举止、处世态度、待人接物的方式方法等，这些都对子女具有重要的教育意义。

妈妈快乐是对孩子最好的教育，妈妈心情愉快就是对家庭最大的贡献。如果妈妈是一个具备爱的能力的人，她会在爱孩子、爱父母、爱他人、爱自然的过程中，把这份爱传递给孩子。心中有爱的人会尊重生命、尊重父母、尊重他人；心中有爱的人会有明确的生活目标，会一直向着目标奋进；心中有爱的人会懂得宽容，原谅他人的缺点和不足；心中有爱的人会理解别人，学会分享和承担责任；心中有爱的人会不怕困难，在挫折之后依然勇敢前行。

有位教育家说过，培养一个与世界摩擦最小的孩子，这个孩子就有了福气和智慧。是的，不与世界起争端，就会增加很多幸福感。一个孩子习得了妈妈的爱的能力之后，就能生活得健康、快乐。

我们先看看被爱护佑、快乐长大的孩子有哪些特征。

首先，情绪是一种习惯，快乐的人总能解读到快乐。这样的人哪怕遇到挫折、磨难，也能解读出乐观，所以快乐的人抗挫能力和抗压能力都很强。

其次，快乐的人身体好、免疫力好、适应能力强。人有逃避痛苦、追求快乐的本能，那么，阳光快乐的人会让人容易靠近他，人际关系会更和谐。

最后，快乐的孩子思维速度快、视野开阔、聪明能干。

当然，孩子健康快乐的前提是得到母亲的爱，并从中习得这种快乐的能力，从而转化成属于自己的一种能力。母亲在给孩子爱的同时，还要让孩子学会付出爱、学会爱别人、学会把爱传出去。

莎士比亚说："得到他人的关爱是一种幸福，关爱他人更是一种幸福。"一个真正懂得爱和愿意付出爱的人，他的一生都将被爱包围。因为爱是双向的，付出爱的同时才能得到爱；爱是流动的，得到爱的同时还要把爱传递出去，这样爱才不会枯竭。

关系大于一切，只有孩子具备爱自己和爱他人的能力，未来在人际关系中才不会有问题。

我相信，谁都希望自己的孩子健康、有爱，未来走到哪里都可以拥有和谐的人际关系与顺遂的事业、生活。所以，妈妈在孩子小的时候就要给他树立信心，让他充分体会快乐的感觉，懂得接受爱与付出爱，这样他才能像一棵小树一样向着阳光茁壮成长。

要想当一个好妈妈，首先要做好自己，自信、自爱，同时又要了解孩子成长的土壤需要怎样的元素，二者结合起来，孩子必然会成长得好，成为一棵独立的、向四周伸展的树，浑身充满能量的树，能够给他人遮风避雨、向着阳光歌唱的树。

一切都是吸引力创造的结果，爱唤醒爱，美好吸引更多的美好。

孩子当下的健康与未来的幸福都建立在妈妈快乐的基础上，所以，妈妈们请自信、自足地活着，尽最大努力给自己的家带去笑声，带去爱与温暖吧！

用心陪护，静待花开

诗人纪伯伦说过："你的儿女，其实不是你的儿女。他们是生命对于自身的渴望而诞生的孩子，他们借助你来到这世界，却非因你而来。"多么好的一段话，它诠释了生命是自由和独立的、是自带光芒的。

爱孩子，是动态进行时，是一场渐行渐远的分离。我们总觉得孩子需要我们，殊不知很多时候不是孩子离不开我们，而是我们更需要孩子的陪伴。孩子是父母一生中最美的礼物，父母养育孩子，不正是在等待和守护一朵花的盛开吗？不管这些花朵是迎春而笑、凌寒而开或是含苞待放，都是独一无二的，我们唯一能做的就是慢慢地呵护，静静地等待。

我的学员中，大部分是做了妈妈的，其中有一部分妈妈"心太急"，怕孩子输在起跑线上，总寄希望于外部的施教或施压，让孩子变成"天才"或"神童"。

很多时候不是孩子需要被"教育"，而是父母需要通过"教育"孩子来缓解内心的焦虑。

我一直向学员们和所接触的父母强调："好"孩子是教不坏的，"坏"孩子也是教不好的。在这里，我没有把孩子用自己的主观分成"好"与"坏"的意图，只是想说明：孩子的生命是圆融俱足的，其实并不需要父母刻意去"教"什么。

父母知道的多是僵化陈旧的道理，孩子知道的却是活生生的真理和真相。无论孩子如何折腾，表现在父母眼里是多么的"坏"，其实内在始终具有资源和力量。我们努力教给孩子的一些东西其实并不一定适合孩子的生命，我们在"知性""智性"层面可能是孩子的老师，而孩子在"慧性"层面其实是父母的老师。

圣人处无为之事，行不言之教。父母对孩子最好的教育也许就是陪伴在孩子身边，和孩子的生命能量共振。

好的教育是"三分教，七分等"。"等一等"是很有用的，比如，我们被蚊子叮一下，不去管它，很快就会没事，如果总去涂抹抓挠，却要很长时间才能好。原因就是人体有一定的自我治愈功能，被蚊子叮一下，肌体很快就自我复原，施加外力只会适得其反。

跟大家分享一个很有启发性的故事，故事中的妈妈就是一个非常有智慧且懂得等待的妈妈。

上小学的儿子回家问妈妈："妈妈，我是不是比别人笨？我觉得我和同桌一样听老师话、一样认真做作业，可为什么他想考第一就一下子考了第一，我想考第一却只考了第21名？"

这位妈妈从不说一些令孩子泄气的话，也不会去抱怨孩子、责骂孩子，她在找不到适当的答案前都是保持沉默。妈妈听了儿子的话，感觉到儿子开始有自尊心了，而这种自尊心正在被学校的排名伤害着。她望着儿子，没有回答，因为她也不知道该对孩子怎样说。

又一次考试后，孩子考了第17名，而他的同桌还是第一名。回家后，儿子又问了同样的问题。她真想对孩子说，人的智力确实不同，考第一的人，脑子就是比一般的人灵活。然而这样的回答难道是孩子真想知道的答案吗？这位妈妈想了想还是没有回答孩子的问题，继续保持沉默。

应该怎样回答儿子的问题呢？

有几次，她真想重复那几句被上万个父母重复了上万次的话——你太贪玩了；你在学习上还不够勤奋；和别人比起来你还不够努力……但这位妈妈同时也在思索：难道我的儿子真不够聪明吗？在班上成绩不甚突出的他，已经很辛苦了，回到家里还要再接受一次打击吗？最后这位妈妈还是保持沉默，因为她想为儿子的问题找到一个完美的答案。

两年过去了，儿子也小学毕业了。虽然他比过去更加刻苦，但依然没有赶超他的同桌，不过与过去相比，他的成绩也一直在提高。

为了对儿子的进步表示赞赏，她带他去看了一次大海。没想到在这次旅行中，这位妈妈找到了儿子问题的答案。

这位妈妈带儿子去看大海，母子俩并肩坐在沙滩上，妈妈指着前方对儿子说："儿子，你看那些在海边争食的鸟儿，当海浪打来的时候，小灰雀总能迅速地起飞，它们拍打两三下翅膀就升入天空；而海鸥显得非常笨拙，它们从沙滩飞入天空总要很长时间，但是真正能飞跃大海、横过大洋的还是海鸥。"

这位妈妈用智慧的回答，让儿子再也不用因考试成绩不如人而困惑。

最后，这个孩子考入了清华大学，在最关键的时刻展现了自己的真正实力。

教育，是对生命个体的尊重和唤醒，是对人的内在潜能的开发和拓展。让孩子健康地成长，需要一种平和的心境、一种智慧的胸襟、一种独特的魅力，这一切必须以父母的宽容和平和为基础。面对孩子，我们都要去学海鸥的笨拙，从沙滩飞入天空总要很长时间，然而，真正能飞跃大海、横过大洋的还是海鸥。很多时候，我们做家长的需要放慢脚步，慢慢地陪着孩子长大。

请问：我们是否也能有故事中的妈妈那样的智慧，在没有十足把握的时候，选择静下来思考而不是去评判呢？先有不急不躁的家长，才能有静心成长的孩子。静心陪伴孩子的过程，也是妈妈修身养性的过程。教育和陪伴孩子的时期，也是妈妈自我成长、修正自己短板的最好时光。

在这方面我自己就很有感触，我的女儿很乖巧懂事，在陪伴孩子的过程中，孩子教给我很多。女儿的内心单纯善良，从小特别愿意帮助身边的人，甚至照顾小动物，她美好的内心和行为经常感动我。

在这里，我愿意把第三季青少年“心领袖”身心整合营的导师寄语分享给大家：

宝贝，相信你身体里住着一位真正的领袖；

领袖的心量，能包纳整个世界；

领袖的语言，能激发每个人的生命热情；

领袖的笑颜，能温暖鼓励每个人的内心；

未来你的领袖力，将使你在无穷的世界里，如雄鹰般搏击长空，实现自由与责任双全，自在地应对并转化在成长过程中及学习、生活中的压力，认知自己的身体、情绪，认知与父母、与这个世界的关系，培养勇敢地迎接不舒服、不适应的事件发生的胆识，平和地去经历它，并从中觉察、开创新世界，这是我们要陪你一起成为“心领袖”的最终意图。

宝贝，从现在开始，你将走向人生的“王”道，学习自由地掌握人生智慧的本领，建设精神系统，进行四力培养——觉察力、沟通力、创造力、感恩力，成为“心”领袖！

每个孩子都是上天派来的天使，是为成就父母而来，我们能做的就是认清人生的梦想与责任，脚踏实地按规矩办事。也许出发的时候要接受很多的压力与挑战，但一旦我们坚持下去，并且不断用爱去滋养孩子，那么孩子一定会茁壮成长，越来越强大，最终长成栋梁之材。

女性越平和，家庭越和谐

女人是家庭的核心。男人或许是那根支撑着家庭的顶梁柱，可让柱子牢牢站稳的，却是女人的智慧与柔情。我自认为，女人是宇宙的能量，带着安家定国、和睦家庭的情怀和使命来到这个世上。尤其是一个女人成为妻子和母亲之后，既担负着一个家的幸福快乐，又肩负着养育下一代的重任，丝毫不能大意、不思进取、自私妄为。

这是一个容易令人急躁的世界，人们很容易因为情绪失控而引发争吵与矛盾。如果一个女人长时间处于巨大的压力、焦虑下，就会远离柔软，不懂示弱，内在就像一座火山，随时可能爆发。你奋斗打拼，创造物质财富，你对得起所有人，唯独对不起自己——对不起自己的身体和内心。长时间忽视自己真实的身心感受，其实我们也很难真的对家人好。一朵花，如果从来没有开放过，又如何能向世界吐露芬芳呢？

这个世界有两条路：有一条是向外的路，连接世俗物质世界，引得无数人大睁着双眼，被头脑驱使，被功利牵引，向远方、向功名利禄进发。很多人一路狂奔，以为世界上只有这一条路，就是不惜代价谋功名、向外竞争、奋斗打拼。

实际上，世界上还有另一条向内的路，这条路跟身体相连、跟心相连，与温度和感受有关，爱和美是这条路的天然路标。很显然，这条向内的道路更适合女人。

示弱不弱，逞强不强。一个女人就像一朵花，要懂得运用女性的能量让自己呈现出最好的状态，让身边最亲近的人能感受到一份活生生的美、感受到被爱滋养。

女人的力量有很多，首先要尊重女人的天性。女人的天性是什么，是善良温柔、阴柔之美。女性或者是阴性力量的特征是什么？是内敛包容，是和谐共生，是连接和分享，是爱。爱是一种真实存在的竞争力，生活中有很多内心强大的女人，即便已经做了妈妈，依然以不卑不亢的宽容之姿优雅地活着，并且越来越富有、越来越美丽，也越来越幸福。

我一直和学员们讲，女人应该温暖善良、快乐热诚，不应该当着孩子的面斤斤计较，尤其不能粗声大气数落家人的种种不是。如果儿女从小看到母亲彪悍粗俗、口不择言，时间久了，孩子长大后就很可能和母亲有相同的说话腔调与行为特征，所谓“有其母必有其子”。

如何实现情绪的自我调控和管理，这是对妈妈提出的一个深层次的问题。

孩子出现某个或某些问题，智慧的妈妈不急不躁，先让自己平静下来，把情绪调整好，然后再面对问题。“只有平静的内心才有可能沉淀和吸收教育的理性思考”，一个母亲真正的教育力量，就在于面对孩子成长的过程，如何做到“柔和平静”。

凡是扯着嗓门整天对孩子嚷嚷、叫喊的母亲，会慢慢失去在孩子心中的这种引导能力。所以，妈妈的情绪自控，是教育好孩子的前提，是建立一个稳定美好的家庭环境的前提。

通常来说，孩子小的时候对家庭的依恋和变化会更敏感。

如果家庭成员之间彼此体贴、关心、爱护，这种和睦、民主、愉快的家庭生活有助于孩子的身心健康；如果家庭不和谐，父母相互之间的不满情绪往往会转移到孩子身上，他们容易变得敏感而脆弱，在家庭的纷争中也最容易受到伤害。

一个家庭的和谐主要来自女性平和的力量，因为女性在家庭中的地位更有包容性和感性思维。一个平和的妈妈，对孩子、对爱人都是一种非常大的帮扶和体贴，也是对自己的一种恩赐。

如果在一个家庭里，妈妈是温暖的、体贴的、温柔的、乐观的、积极向上的、有主见的、会做决定的、有爱的、自信的、负责任的、大方的、爱自己的，那么，这个家庭的孩子就像沐浴着阳光雨露的种子一样，会健康茁壮成长，并且携带妈妈所具备的所有美好品质。想象一下，如果叶片里面包含这么多滋养的气息，它的周围会是怎样的一个宇宙？

小时候常听长辈说，不要愁眉苦脸、不要着急上火，那样你会越长越丑的。当时觉得是开玩笑，现在看来这句话是真的。一个人的内心，会跟着自己的经历而日积月累表现到面容上。豁达的人生会带来豁达的面容和气质，阴暗或者迷茫的人生会毫无保留地体现在你的眼神和笑容上，而这种气质会逐渐影响到你的人生轨迹，甚至影响到你的命运。

虽然没有谁是天生的好心态，不是每个女子都能做到性情温婉平和，但我们还是要努力调整，调整再调整。因为我们的心，会跟着我们一辈子。好的心态帮你成功，坏的心态毁灭你自己。

很多人不断向外奔跑、不断逃避、喋喋不休，这是在打扰别人，也是在浪费自己的生命。痛苦往往来自大脑自以为是的思考，而喜悦来自身心真实的感受。当你借助呼吸，让自己安处当下的时候，世界真正的神奇和美好才会属于你。平缓均匀的呼吸提醒我们，让我们跟自己在一起，用呼吸来打通我们的右脑和身体的连接，女人在这方面更有优势。女人有时候哭或者笑，甚至神经质，唯有当你静下来的时候，先向内，再向外，才构成真实的身心连接。用呼吸的转变来提醒自己“慢一点”——慢一点才能看到生活的美，慢一点才能看到家人的不易，看到他的眼睛里面也有泪水，他的光鲜背后也有艰辛。

心境平和的女人经常对别人微笑，为周围的美好事物感到愉悦，她懂得欣赏鲜花之含苞欲放、雨后之空气清新以及诸如此类的小美好，她善于把自己的思路和言谈都引导到美好积极的观点上。一个平和懂爱的女人，任何时候都可以活在当下，有情岁月帮助她更年轻，生活磨砺让她更有魅力，天涯海角哪里都对，聚散离合怎样都美。

你的人生就是你所投入的状态——越平和，越有力量。你心里面有温暖，全世界就不再寒冷。

春天一直都在，每一朵花都在。让心回家，让自己再度年轻，让鲜活的感受再度苏醒，这是与一朵花相遇的前提。与一朵花相遇，感受自己的呼吸，一心一意地倾听，倾听花开虫鸣的声音、倾听雨水落地的声音、倾听世界上所有的声音……

坚信人间有爱在，笑看风云自从容，生命一定可以更光彩，你的家庭也会温暖如春。

我的幸福我做主

幸福是一个不老的话题，从古至今，人们最关心的事情就是幸福。

《现代汉语词典》对“幸福”一词的解释是“使人心情舒畅的境遇和生活；称心如意”。幸福不仅客观存在，还能使人们感受到“心情舒畅”。那么什么东西能够给人们带来心情舒畅呢？训诂中对“福”字的解释为：福者，富也，即拥有田地，有房子住，衣食无忧。

古希腊伟大的哲学家亚里士多德说：“幸福是人生的目的和意义，是人类存在的最终目标和终点。”

如今，人们的物质生活越来越好，遗憾的是快乐却在减少，幸福感并没有“水涨船高”。物质富足了，为什么很多人并不幸福？因为我们在内心筑起了太多的“高墙”，自我怀疑、不安全感、缺乏信心、恐惧、担忧、关注负面、相互攀比，这些陈旧的思维习惯让我们失去了追求信念的勇气，远离了生命的美好和幸福。

幸福有三个构成要素：一是我们内心的感觉；二是我们对幸福的认知态度；三是我们的身心是否舒适和谐。这三个要素都与当事人直接有关，和她所处地位、物质多寡、他人认同的关系并不是非常大。所以，幸福是一种能力，幸福与否在于我们内心的选择。

幸福是一种感觉，是一种内在的心理满足状态，是一种自己主导的生命态度。我们有没有过这样的经历：摸摸口袋，发现居然有钱；电话响了，拿起听筒发现是刚才想念的人；你打算买的东西恰好降价了；排队时，你所在的队动得最快；自己一直想买的东西很贵，一天你偶然在小摊便宜地买到了；当你运动完后，喝到了冰镇的饮料……这些俯仰皆拾的小幸福，我们是不是捡起来并收藏了呢？

生活中这些小小的幸运与快乐，是流淌在生活的每个瞬间且稍纵即逝的美好，是内心的宽容与满足，是对人生的感恩和珍惜。当我们逐一将这些“幸福小贝壳”拾起的时候，也就找到了最简单的快乐！

人与人之间一个小小的动作、一句小小的问候，或者是一个小小的谦让，都会让我们有一点小小的感动，感动的同时，你会觉得你是幸福的。

幸福就像一只住在邻家的敏感而可爱的猫，如果你想接近它、哄它、抚摸它，它就会充满警惕，与你保持距离，但如果你放下欲望，顺其自然，不一会儿，它就会打着呼噜主动过来在你的腿上磨蹭。

当你沿着内在喜悦的轨迹，自然地感受生命、拥抱世界，你就会收获幸福。

电影《求求你表扬我》里面，范伟讲到平凡的幸福是这样子的：

记者：“什么叫作幸福？”

胖子："幸福，那就是我饿了，看别人手里拿个肉包子，那他就比我幸福；我冷了，看别人穿一件厚棉袄，他就比我幸福；我想上茅房，就一个坑，你蹲那了，你就比我幸福。"

有人戏言，每个女人都是一天的公主、十个月的皇后、一辈子的女佣。这话细拆开来看，我认为女人做一天的公主是对的，做十个月的皇后也对，但是，做一辈子的女佣我不赞同。因为当了妈妈的女人，虽然干着像女佣一样的工作，但思想境界完全超越一个佣人。女佣的心态是我为雇主打工领薪水，干得不顺心可以随时走人、另换新主。而妈妈可以一走了之吗？不能。既然不能，就有义务、有责任把家打理得像宫殿，才能一直过着公主和皇后的生活。如果自己的家像贫民窟、像冰窖，既不温暖也没有笑声，你怎么可能不当女佣？

其实我真正想说的是一个女人在家里要做一辈子的幸福缔造者。

如果你是一个职业女性，就要宽容自己做饭不够好吃，地板拖得不够干净，甚至有些家务必须外包给他人，你不愿意做的事，不要勉强自己。你要坚信，与其心情压抑地吃一桌满汉全席，不如一家人开开心心地吃一顿西红柿鸡蛋面。

很简单，女主人的爱就是要先学会关爱自己的"心"，让自己内心愉悦起来。唯有爱，可以创造全新的、更值得爱的自己。唯有爱，可以超越时空，让自己随时随地可以收获点点滴滴的幸福。

我在家也是这样，吃到妈妈做的饭就像回到小时候那种无忧无虑的时光；听到我的宝贝女儿扯着嗓子喊："妈妈，我要喝水""妈妈我要上厕所""妈妈，我有一件小秘密跟你分享""妈妈，我爱你""妈妈我想你”……听着孩子天籁般的话语，内心被满满的幸福所填满。

是的，我应该很努力地把自己变得更好，让孩子在未来真正懂事的时候，会对妈妈有爱也有尊敬，可以从妈妈身上学到一些好的品质，并以妈妈为自豪。即便很辛劳，我也不允许自己放弃继续成长的可能，不会因为任何理由而止步不前。

“妈妈爱你，妈妈永远在成长的过程中”，这才是最美好的一种状态。父母给孩子最好的财产，就是正确的价值观与生活态度，让孩子在父母努力工作的环境下长大，知道越努力工作就会得到越好的成绩，知道幸福都是靠勤劳的双手创造出来的。

作为女儿，我依恋着母亲。作为母亲，我也被孩子所依恋，一脉传承的生活中，我是家族幸福的源泉。我用自己赚到的钱犒赏自己和家人。我既可以在南方赏花看春水潺潺，也可以在北方感受大雪纷飞的美好，我锻炼身体大汗淋漓，我也能静坐给心灵和身体来一次畅快通透的体验。每当想到这些，我就会感觉生活是那么美好且富足。

幸福没有答案，却可以自我负责——只在乎你的内心怎么评价与感受。

生活就像墙壁上的时钟重复着亘古不变的步伐，如果我们不能发现美好、不能创造幸福，生活就会索然无趣。其实，生活中每个人都会累的、都会倦的，但是只要还会被人想起，还有人关心，也是一种莫大的欣慰。

真正的幸福是不需要多少钱的，金钱也并不见得可以买到很多幸福。如果我们在金钱、权利、荣誉和独占的爱中去探求幸福，幸福会像个坏孩子，四处躲藏、搞恶作剧，甚至闯祸，带给我们痛苦和无奈。

走过千山万水，历经人间风雨，我终于明白：幸福是达成所有目标的终极目标；爱是最平凡也是最奢侈的生命财富。是的，爱是世界上最大的平台，爱是最高能量的资源整合，爱是感恩，爱是接纳，爱是成长，爱是付出，爱是成就一切的奥秘，爱是奇迹，爱就是我们自己。

培养和发掘积极的内在喜悦吧，只有这样，才能将幸福迎进来，让爱的阳光驱散生活中的晦暗。如果生活是沧海，一串串的幸福就是那一个个美丽的贝壳，我们一定要勤于弯腰捡拾。幸福捡得多了，我们内心的爱就多了。幸福并不需要什么答案，幸福的标准是内在的积极评价与珍惜。幸福就这么简单，它是一种感觉、一种心态、一种体验。

你愿意改变的话，没有人能够阻挡你。

你愿意笑的话，从此刻开始，你就可以笑得比花儿还灿烂。

懂爱、会爱，做“心”派女人

有一种人，拥有健康的身体，和谐的人际关系，热爱的事业，充满幸福的人生，同时拥有需要的一切金钱和物质去成为自己想成为的人、做想做的事，拥有想拥有的任何事物。

而这一切都来源于一种内心的力量，就是一种散发着光芒的“正能量”。而这种正能量是指一切给予人健康和希望、促使人不断追求生命绽放的能量，它指向的是精神，表达的是希望，触发的是活力，呈现的是幸福。

这种能量，不正是爱吗？心中有爱，笑靥如花，言行有温度，就是最大的正能量。

冰心曾说：“有了爱就有了一切。”爱就像一块调色板，能画出五彩斑斓的生活。爱就像万能的造物主，能创造出人类的和谐与幸福。爱，是无比神奇的正能量，心中拥有了它，便拥有了实现一切理想的伟大力量。爱是人类最伟大的情感，是所有高尚品质和美好道德的核心。

无论是维系两性关系还是亲子关系，或是如何处理与周围人的关系，一切的一切都离不开爱。没有爱，就没有和谐的人际关系。爱的最大秘诀便是用行动去照护滋养他人的心，也就是爱人要爱心，要爱到他人的心里去。心中的爱包含关心、责任、尊重和了解四个要素，它们相互依存，只有在成熟、智慧的人身上才能找到这四者的交融形态。

成熟的父母通过教育把孩子从自然人培养成为懂得爱、珍惜爱、有爱心、有责任感的拥有健全人格的人，把爱深深地扎根在孩子的心田里，让孩子拥有一颗温暖强大的爱心。

把一粒石子丢进水里，“扑通”一声在平静的水面上砸出一个坑，石子沉下去了，水面的坑被快速抹平，但一个一个圆圆的水波纹会持续很久，越传越远，越来越大。别忘了，我们看到的波纹只是水平的，其实石头往下沉的时候，垂直方向的影响力更深远。所以，投进水里的石头对水池的影响是立体的。

爱，也一样存在这样的水波纹现象，爱的影响力也是立体的。爱弥漫开来，世界多姿多彩。

活着是一种修行，人们为了爱在生活中修行，为现在，也为将来，更为子孙后代。学习爱、练习爱，让爱伴随着平凡生活的每一天。

如何能修炼到这种爱人爱己的境地呢？在我看来，首先要修炼的一点就是：停止抱怨，凡事不抱怨。当代作家毕淑敏说过，女人变丑一定是从抱怨开始的。当一个人抱怨生活不如意、工作不如意、丈夫不如意的时候，无论是言语还是神情，一定是一种纠结的状态，这个人还能是健康美丽的吗？

相由心生，命自我求。一个女人内心充满爱，自然待人和气，与家人相处也会和谐融洽，所以每天都会感觉到开心愉快而面带笑容。长此以往，生活越来越和顺，容貌自然越来越美好。

陈姐是“诗慧瑜伽”的一名学员，她乐观豁达，唇角总是呈45度角上扬，仿佛一不小心就笑出了声。周围看到她的人都经常问她：“陈姐，你就没有烦恼吗？”她说：“有啊，记得孩子刚刚上学那阵子，每天清晨手忙脚乱，几乎天天迟到。心里烦，到公司第一件事就是和同事抱怨生活的诸多不顺，回家后又抱怨老公懒，抱怨孩子不省心，家里时常充满火药味。有一次她抱怨后，不小心在卫生间的镜子里发现一张怨妇的脸，唇角耷拉，两眼无神，整个状态就是一个黄脸婆加怨妇的形象，吓了自己一跳！”

从那一刻开始，陈姐决定改变自己，从不抱怨开始。结果，隔天从清晨就不顺心，出门找不到喜欢的衣服，胡乱抓了件外套下楼，公交车又迟迟不来，更倒霉的是天公不作美，下起了雨。还没到公司，就把不抱怨的誓言忘得一干二净。当负面情绪入侵时，她觉得自己除了抱怨，什么事都做不了。胸中积压了一天的情绪，无法排遣，冲到楼下的健身房发泄了一番，感觉身上积极的能量增多了，心情大好，她办了一张健身卡。也许是很久没有运动的原因，陈姐在这天夜里居然睡了一个好觉。

之后几天，越来越好。中午办公室里的几个同事习惯性凑在一起“吐槽”，不是张三说自己老公回家不做家务，就是李四抱怨自己的婆婆总是搅和她们的生活。要是在以前，陈姐也会加入这样的闲聊队伍，但这次她发誓要改变，就强制自己安静读书，并且下班后继续健身。

在健身中心挥汗如雨的她有一个神奇的发现：许多的不顺似乎都远离

了她，曾经折磨自己的坏情绪和烦心事，好像都随着汗水排出体外，整个人通透了很多，也轻松了许多。她说，我只想集中精力做好每个动作，期待也能像瑜伽老师一样将脚踝绕到脑袋后面去。

慢慢地，她整个人不再消极，虽然进步只是一点点，却收获了身心轻快、神清气爽。更主要的是，当自己精神状态好了、笑容多了、抱怨少了的时候，她发现原本不怎么亲近的儿子，竟然依偎在自己肩头一起看电视，而且还会向她分享班级里有趣的事。丈夫似乎也发现了她的改变，说话的语气也和缓温柔了不少。

陈姐由衷地说："我的美丽和温柔就是从不抱怨开始，一点点回到自己身上的。"

"诗慧瑜伽"学员中有很多像陈姐这样暖心又励志的小故事，每个人都因为懂得爱自己、爱别人，让自己内在的正能量上升，由此活出了阳光明媚的新生活。我把这些姐妹叫作"心派女人"，并且为大家写下了《心派女人宣言》：

唯有爱与身材不可辜负，

我确信我的幸福我做主。

美丽秀出来，

魅力活出来！

不做怨妇做女神，

迷倒家里好男人。

生命如花灿烂，

让爱因我循环。

用一朵花唤醒整个春天，

用一颗心温暖这个世界。

悦人悦己悦生活，

我的一切我负责！

诗慧瑜伽：用爱连接万物

今天这个世界依然在进化，从粗糙逐渐走向精微无形。

得到物质财物，只能让我们的生活相对好一点，得到精神财富和健康财富才能让人生真正富有，这些无形的财富使我们的人生更圆满、富有、高贵。

互联网的本质特征就是连接和分享，它就是在消灭时空的局限，在打破信息的不对称。

连接和分享是女人的特质，也是爱和美的特质。

爱是世间万物连接的秘密，是一切人与人之间关系的润滑剂。

唯有爱，让我们体悟到生命的真善美，和心在一起，和自己在一起，和世界友好相连。

走进“诗慧”，走进健康美的世界，走进爱的家园。

当清风完美的一天，
风帆就是要张开。
美丽在全世界绽放，
今天就是这样一天。
我的眼睛就像太阳，做出许诺；
许诺着生命会拥抱每个晨朝。
活生生的心给予着我们，
恰如那光明天界的照耀，
心与天界一同，以极大的温柔，爱抚着大地。
这是一股可以进入心灵的清风，
我知道，这爱弹奏着腰鼓。
哦，许多手臂围绕着我舞动，
谁能在我的纯美之前自持?
平和很好，
但妙喜的舞蹈更加快乐，更少自恋；
他创造了我们的双唇，是为了聚欢。
当清风完美的一天，
风帆就是要打开，
爱从此开始，
今天就是这样一天。
——[古波斯]莫拉维·贾拉鲁丁·鲁米《清风完美的一天》平梵 译

诗慧——为美丽赋能

我在课上问学员们："什么才是人生真正的资产？"有人说是花不完的钱，有人说是年轻美貌，也有人说是身体健康……我觉得这几个答案都对，它们是互相融合又相互促进的。有了充足的物质财富，人更能自如地去做一些自己喜欢的事，收获更多的快乐和自由，自然而然会对身体健康有好处。

人一旦身心健康，年轻美貌自然不在话下。哪一个美丽动人的女性，不是气血充盈、神采飞扬的？这个美丽动人的状态，来自强大的健康身体的能量涵养。

美丽是无价的资产，不管我们有没有意识到她的存在，都在不间断地展示我们的美丽资产，美才是真正无法拿价格来衡量女人最大的资产。美丽资产是大自然赋予女人一生最大的安全感，是男人最大的危机感。男人追逐女人的原动力就是在追逐美丽这无价之宝，那些身外之物（珠宝、黄金、钻戒）都是男人换取女人无价资产的遮挡法。因为在男人的眼里，只有无价的美丽资产才能彰显自己的卓越价值。

那么，各位姐妹们，你关注过你的美丽资产吗？你呵护过它吗？你管理过它吗？

“天山童姥”是每个女人的梦想，要不然就不会有那么多的狗仔去扒明星的整容八卦。其实，我们身边也有很多女人不靠整容就能变成“冻龄美女”或者“逆生长辣妈”，明明四五十岁了，还能活出三十来岁的身材、相貌，让人看了心生羡慕。

面由心生，心内无所牵绊、无所纷争，表现出来的就是柔和与平静的身姿之美。

在这里，我想分享一下“诗慧”的由来和寓意。从小我就喜欢诗情画意、智慧真理，所以和“诗慧”两个字结缘是很自然的事情。后来，随着“生命美”事业的不断发展，加上自己的生命感悟，我对这两个字有了更加清晰深刻的认知——诗：在心为志，发言为诗；慧：静能生慧，定则聚能，爱和感恩是“诗慧”美丽事业的根基和信仰。诗慧——总是在你最需要的时候，用你渴望被爱的方式适时出现，帮助都市品质女人懂得爱、懂得健康、懂得生命，携手创造优雅从容的生命之美。

古人说：女为悦己者容。如今这句话已经过时了。今天的女人首先要为自己美起来，要懂得取悦自己，有能力照护身心健康。

一个女人的年轻美丽，来自内在的信念系统，因为年轻美丽的真正秘诀就是保持内心的愉悦与激情。不是要求你必须有个老公宠着才开心，必须有很多钱才开心，必须有一份好工作才开心，其实年轻和快乐更多的是自己的生命态度和行为选择。这份来自内在的开心与幸福，就像生命中的不老源泉，滋养着我们的身心。

事实上，每个人都可以内外兼修，让自己永远保持健康美丽的状态。

一个人如果身心焦虑，活得不开心，那么内在的压力就会挤压脸部的肌肉，长此以往，脸上就容易长皱纹。如果一个人内在平和安定，情绪压力减轻，肌肉就会慢慢放松，脸上的皱纹就会消失，看起来会显得非常年轻。

女人要懂得外修，就是要让我们的身体处于动起来的鲜活状态，如此一来，体内细胞也会增强活力，整个人变得年轻起来；女人要懂得内修，就是要求我们保持活在当下的意识，拥有平和的心态和顺畅的呼吸，必要时借助冥想提高自己的觉察能力。

为了自己的健康和美丽，不妨坚持慢跑，享受“日光浴”，多接近大自然，和花草树木一起吐故纳新，一起感受空气、阳光的清新味道，还可以坚持静坐冥想，这是非常好的爱自己的方式。冥想已经被使用数千年了，可以有效抵抗压力、忧郁、烦恼，转化消极的心理和情感状态，如此一来，我们将变得更加沉稳冷静、和谐愉悦。

当然，听音乐、看影片、聊天、说笑、做伸展操、泡热水澡也是有效且简单的放松身心的方法。另外，改变家具的摆设位置，做一次彻底的大扫除，都会成为保持活力的良药。

在行色匆匆的人生旅途中，关于健康和爱情、关于工作和提升、关于明天和旅行，每个人都有力不从心的时候。几乎每个人都是不完整的，从一出生就是有欠缺的，甚至有些缺失这辈子都无法改变。但是，我们需要有一种改变现状、重建平衡的精神，这样生活才会有乐趣，才会有希望。这其实也是我练习瑜伽的一大收获，身体和心灵尚需进化，瑜伽帮我慢慢长大。

瑜伽注重自身的感受，它是一种哲学也是一种生活态度。

人是由精神与肉体两部分组成，彼此依赖与成全。当我们的身体达到某种境界时，我们可以做出让众人称羡的高难体位，以展示柔软的身体和婀娜的曲线，但这些都是外在表象，更重要的是我们的内心，通过瑜伽洁净我们的身体、心灵，帮助我们懂得宽容、博爱和给予，从而活出丰盈富足的人生。

瑜伽本身的价值来自我们对待它的态度与方式。改变思维方式，改变体验方式，感受每个动作，把自己的身体放松，把大脑放空，柔软虔诚地进入瑜伽的世界，我们一定可以遇见更健康、更美好的自己。

相对于20世纪的人类对于物质的追求，21世纪成功的秘诀在于：用爱创造生命美，追求深藏于每个人心灵深处的幸福感受。有爱，一切方法尽在其中，让自己好，让别人更好，让你身边最重要的人因为你而更好，这就是爱。

带着温度，与身边的人连接，敞开怀抱去拥抱美好，这就是生命的馈赠。幸福的人都有善良、奉献的生命愿景，服务社会的能力会创造很高的个人价值感。“愿”拆开来是“原”和“心”，不忘初心，方得始终。

好好去珍惜自己，好好去爱身边人。相信在不远的将来，每个人终将学会如何跟天地相处、跟自己相处、跟他人相处，让生命如花绽放，让爱因我循环。

瑜伽——为生命美容

十多年前我刚刚接触瑜伽的时候，经常主观地赋予它神秘、宗教、修行、禁忌等含义，对其的认知也停留在调理皮肤、身体健康和减肥的表层效果上。

作为一名美容工作者，多年来我坚持不懈探索美的根本，也在不断实践健康美的各种途径和方法。2004 年，我把瑜伽引入到诗慧美容系统，当时完全是满足我的个人需求，朦胧中认为这是女人实现身心平衡的好方法。

十多年过去了，随着对瑜伽的深入学习与运用，从生命的物质构成到精神灵性的追求，从物理量子到心灵意识的挖掘，从生命个体属性到生命社会属性的拓展，从东方生命哲学到西方心理学的融合，从生活层面到灵性层面的完整，瑜伽赋予了我对生命立体多维的认知构架，使我对生命意义上的美有了最根本的觉识，也让我在探究生命美文化的道路上，更加坚定。

因瑜伽起缘，我的兴趣点也扩展到宗教、量子物理学、心理学、基础医学、美学等领域，了解到宗教中的很多手语、打坐的内在意义和形式都出自瑜伽或由它演变而来，包括现代心理学的很多生物能的运用也出自瑜伽的哲学系统，我被深深地震撼了，饥渴地遨游在瑜伽生命科学的海洋里。

瑜伽可以修心、可以修行，还可以修颜。心乃容万物之器，扬其博，品其淡，蕴其智。身乃表万物之形，塑其型，展其美，修其韵。我想，瑜伽的至高境界应该是内外兼修、身心合一、心静生慧、身如行云。作为一种生命平衡的修习，瑜伽中的冥想、呼吸、放松的环节，甚至比完成一次标准的瑜伽动作更为重要。我并不是一个唯心主义者，但不得不承认：瑜伽对于心灵的安抚比物理上所谓的雕琢形体和调理经络的效果来得更为明显。

现代社会加给女人的压力已经不逊于男人，我们不仅需要和男人一样去工作挣钱，还要根据千百年不变的社会准则成为贤妻良母，操持家务。于是，多数女人的大脑是时刻在运转的：从早上睁眼的一刻开始，想着给家里人做什么早饭、路上想着今天的工作怎么安排、回家的路上又要考虑晚上一家人吃什么、今天要不要打扫房间、要不要洗衣服……

我们的身体与心灵有着高度的关联性，当内心安定且舒畅时，身体自然就会安定舒畅。相反地，当内心感到不安紧张时，身体的肌肉就会变得紧张僵直，所以在瑜伽的世界，我们可以反向操作：先尝试着使肌肉放松，只要肌肉放松，内心自然也会放松了，还可以保持身体的柔软性和灵活性，提高心脏的承受能力，改善血液循环和失眠等症状。

瑜伽的精髓在于，不是为了形而练，而是要把瑜伽精神与文化融入日常生活中，才能在一朝一夕中改变自己的认知和处理情绪的能力。例如，在大庭广众之下，安静地坐着，控制自己的内心，不让它随着环境的嘈杂而烦躁，这是瑜伽；工作的时候，保持一心一意，这是瑜伽；睡觉的时候，能够把今天的烦恼和对明天的恐惧统统放下，安静睡眠，这也是瑜伽。瑜伽是一种哲学，甚至高于哲学，既有系统性的方法论，也有方法以上的宇宙意识。

瑜伽的呼吸法可以调控大脑，体位训练可以改善身体和心智，而冥想则有助于帮助意识觉察和感悟。当瑜伽的呼吸、体位、冥想技法在练习中达到高度统一时，一个人的“身、心、灵”完全处在和谐圆满的状态里，这时候内在的爱与慈悲和生命的能量会越来越强大，自然呈现出生命最美的形态。

瑜伽的练习不需要固定的场所，但初学的人还是要有专业负责的导师给予正确的指导。练习瑜伽的时候，让身体处在一种自然的状态，随心而动。如果是一群人，大家可以围成一圈坐着冥想，瑜伽老师用语言引导，每个人保持平静、深入的呼吸，感受自己的身体最想要反映出的状态，接下来最想做什么动作，就让自己的身体做成什么样子。如果下一个动作是蜷缩着的，冥想之后身体反映出来的会是一个特别漂亮的造型。通过练习让肌肉放松，使身体感受并得到放松的状态，从而舒缓紧张的情绪。

在环境、语言引导等条件的结合之下，简单的站、蹲、躺、侧卧都有神奇的作用，任何一个姿势都会成为你最放松的姿势。生活中的每一个生命活动都可以是瑜伽的体位，只要能保持觉察，呼吸当下，意识专注，瑜伽就可能成为健康和谐的生活方式。长此以往，瑜伽还可帮助我们摒弃对生命健康有摧残力的习惯。所以，瑜伽是生活化的，是一种生活方式，注重的是人与自然的亲近。

作家张爱玲曾说：“这个世上‘好人’很多，‘真人’很少。‘好’是社会赋予的，是一种客套或习惯。人们相互亲热、敷衍，仿佛人情味十足，但内心的想法可能完全是另一回事，仇恨、嫉妒、鄙视、猜忌掩饰在冠冕堂皇的言辞之下。”

现代人喜欢把时间花在如何让自己变成一个“好人”，然后在“你好我好大家好”这样其乐融融的表面下钩心斗角。从学校到职场，从工作到生活，宁愿用大把的时间换来一个面目全非的自己，也不肯做一回真实的自己。如果连真实和真诚都做不到，我们又如何活出健康和美丽呢？

一个人所能活出的最高生命品质，等于“生命激情+生命美丽”。通过对瑜伽哲学的体悟，包括冥想和身体运动，可以帮助女性内外兼修，在柔软中变得强大，在纷杂的现实生活中活出真我本色，绽放异彩纷呈的美。

有一句瑜伽的教言我很喜欢：“大汗淋漓不是瑜伽，瑜伽是有意识的自我控制，它让你了解自己，让你改变自己。”平常我们在瑜伽馆里学习的瑜伽体式是为了帮助我们进入瑜伽的生活，而不该被看作一种单纯的瑜伽体式练习。只有真正把瑜伽融入生活的人，才能享受瑜伽所带来的愉悦，才能真切地收获瑜伽所带来的惊喜和改变。

瑜伽就是这样一种简单的生活方式和修炼美的艺术。瑜伽是为生命美容的至高方法，是生命净化的绝好途径。让我们一起体悟瑜伽吧！一起为生命美容！

诗慧瑜伽的美丽密码

瑜伽从运动角度来讲已经很普及，但是瑜伽美容的理念和方法才刚刚被认知。作为一名美容教育工作者，我有责任去传播健康美文化。

在与同行交流的过程中，我经常讲美容文化应该怎么样去建立。美容会所应该知道自己存在的根本意义和价值，这是一个很重要的问题。有些美容机构可能不会注重这一点，不少人仅仅是把美容经营作为一个挣钱的项目而已。当然，从经营角度、投资角度考虑利益无可厚非，但是从热爱美容行业的责任角度来说，就需要把有关美的正确方法和理念提供给广大经营者和求美者，用爱创造生命美，这才是我们工作的真正意义和价值。

结合多年潜心学习与实践的感悟，我认为“美”与“漂亮”是两个概念，具有完全不同的深度。女人通过美容化妆的方法就可使自己显得更漂亮、更年轻，但这只是表层的，这种美丽的能量也局限在一种范畴里，它很容易逝去。更深层的问题是，在多年的瑜伽美容实践中，我发现顾客的情绪并不能得到疗愈。如何才能帮助客户有效解决情绪问题?

在好奇心和使命感的驱使下，我开始留意他人情绪的变化起伏，并喜欢揣测、探究造成情绪波动的心理成因，也由此对心理学产生了浓厚的兴趣。于是，我开始系统学习心理学方面的书，后又参加心理学专业培训。2008年，进入加拿大海文学院专修关系心理学，并在学习中感受到前所未有的心性舒畅，不断领悟到生命的本真意义。

在这个过程中，我得以正视过去的心理模式和生命状态，也看到了自身优秀的特质和对未来的期待，感觉自己更适合做生命美文化传播，同时对生命美有了更多认识。

瑜伽是东方的心灵疗愈师，呼吸是身心连接的桥梁，更是身体最美的乐章。人们常常会在心理压力大的时候进行深深地呼吸，在平常却会忽略呼吸的存在或屏住呼吸，让心灵得不到滋养。

了解瑜伽之后，你会发现情绪对身体的影响很大。一般来说，心理因素会直接影响到身体状态。长时间的负面心理感受会削弱人的意志力，导致身体困顿萎靡，整个人呈现黯淡向下的态势，人体的美自然无法展现。这样的人即使有很漂亮的身形和很美丽的五官，但是眼神和表情黯淡、精神懈怠，整个人也无法活出阳光健康的年轻态。

其实，人的生命本身就是一个修炼的过程，外在的美需要内在能量去支撑。在瑜伽呼吸冥想的调适下，内在的情绪垃圾和阻滞可以被清除，的确会带来减压和美容的效果。

在多年的健康美工作实践中，“诗慧瑜伽”研发出一套关爱生命美的管理系统，结合瑜伽的一些基本方法，比如呼吸的运用、意识的引导，同时也运用身体的五感来强化效果。

这套生命美管理系统包含四大元素：音乐、呼吸、冥想和技法。

整个系统遵循四大理论依据：

第一，人体的生理结构和基本的生物解剖学；

第二，人体的肌肉结构和生物学基础；

第三，瑜伽的呼吸、能量学、七轮理论；

第四，心理学。

将上述理论依据与技术相融合，形成了独特有效的生命美管理工程，从身体结构的表层至淋巴系统，到肌肉结构，然后再到神经和脊柱，是一种由外到内、循序渐进的操作过程。整个操作过程科学、严谨，同时饱含着对顾客身心的体贴关爱。

第一阶段，客人需要提前 15 分钟预约。在这个 15 分钟的时间内，美疗师会为她做好房间专属氛围的准备，有蜡烛、灯光、花瓣、音乐，包括高品质定制的洗手间。我们每个美容美体房间内都有独立的洗手间，按照五星级酒店式标准建造，洗手间的马桶、房间地毯和床上撒了玫瑰花瓣。让客人一进房间就被浪漫温馨的感觉包围，获得一种久违的被呵护、被宠爱的感觉，她的生命品质在尊贵美好的服务中被体现出来。

第二阶段，在项目操作的过程中，客人听着精心选择的轻音乐，配合专业手法 20 分钟，速度和力度都随着音乐的频率协调操作。同时，美疗师会选用专属精油让客户做深呼吸，深深地吸嗅之后，配合美疗师把气体排出去，这也是有方法、有步骤的。

女人无论需要怎样的“身、心、灵”的呵护，“诗慧”都会用爱去满足。

我们可以通过这种方法来舒减胸中郁气。当美疗师的手放在哪里，她就会引导你放松哪里。在不断调整呼吸、不断放松的过程中，意识和身体也越来越默契的时候，我们会更了解自己，开始感受到意识是可以跟身体结合的，原来自己可以跟身体做朋友。

女人的美丽是由内外两个方面组成的，外在美需内在美支撑，内在美需外在美显现。内在美=心灵意识+思想知识+生命态度，内在美借助瑜伽的哲学体系可以获得更广阔圆融的支撑，让我们有勇气做真实的自己；外在美也会因为有内在支撑而变得更和谐、更挺拔。这种状态会给人一种阳光、健康的张力，而这种张力实际上就是吸引力、是一个人的魅力。

在“诗慧”会所，我们通过定制的情境和项目疗程，有效地帮助顾客调养身心。而美疗师在操作过程中最大的感悟就是，她不再把自己作为一个简单初级的技术操作工，随着音乐和手法的起伏，运用呼吸来控制手法的力度和深度，去享受这个过程，将服务当成一种艺术创作。所以，我们的美容师不叫美容师，叫美疗师。我希望美疗师可以超越技术层面，从敬畏生命的高度不断学习与提升，服务于这部分高压力人群，使她们更健康、更快乐、更美丽，最终实现生命的成长与绽放。

请相信，爱会给我们最后的尊严和希望，放松自己的身心，好好跟自己在一起。当你好好地跟自己在一起的时候，你就能跟别人在一起，你就能跟一朵花在一起。

当我们跟一朵花全身心地在一起的时候，这朵花瓣的颜色、芳香都属于你，你的心满满的都是感动。如果我们能够看懂一朵花，如果真的可以和一朵花的美丽芬芳在一起，那么春天就在我们心里。它跟大自然的季节没有真正的关系，而是和我们鲜活的身心感受有关。

请向一朵花学习自然平衡之道，不以别人为意，不与世界为敌，接纳生活，接纳发生的一切。珍爱自己，敬畏生命，去做喜欢的、有价值的事情，尽情绽放自己。

懂身体，更懂心灵

古老的印度流传着一则关于瑜伽与马车之间的寓言：马车代表一个人的身体，拉车的马代表心，车夫代表灵，乘客代表灵魂。寓言里说普通人的状态是这样的：马车坏得无法收拾，马发狂了，车夫喝醉了，乘客的人生道路混乱而危险。瑜伽，就是用来修理马车（身体），驾驭马儿（心），使车夫清醒（灵）的有效途径。真正的瑜伽修炼，是从身体到心灵的双重修炼，身心统一，实现内外平衡。

对于现代人来说，瑜伽作为平衡身心的养生和减压的特色项目，日趋生活化与艺术化，而不仅仅是专业人士去做高难度的动作。

有专业人士分析指出，每周练 3 次瑜伽可提高体内 α-氨基丁酸（GABA）的水平，GABA 对大脑功能和中枢神经系统的正常运转起到关键作用，对放松心情至关重要。同时，瑜伽一招一式的体式，能让身体的僵硬与紧张慢慢消失，一呼一吸的专注调息能让情绪得到疏解。

有句话说得好：一个人的内心有多坚硬，就会有多柔软。瑜伽理念将人的认知与意识分为两个层面，即“心念”与“智性”。心念是对外在的感知，或因外部信息作用而产生的意念，而智性则是向内觉察的能力。心念具有“主观”属性，受控于自我意识，而智性则可独立于“自我”之外，客观地省察自身的意念与行为。

瑜伽修心有一个过程：

最初的阶段就是“收摄心灵”，意思是说把我们受到外界影响的心拉回到本该在的地方。将无意中受到“某事”牵引而迷失的心灵，有意识地集中到一件事情上，借此让心获得解放，回到原来的位置。借助呼吸法等功课，便可以让心从被淹没、被占有的想法中解放出来，这在瑜伽中称为收摄。

其次，心就算收摄回来了，稍不留意可能又会回到之前四处散乱的状态。把我们的心拉回到平静的地方就是“心灵集中”的阶段，这称为“凝神”或“静虑”。

最后，将心收摄回原来的位置，把心中的障碍慢慢清除，之后便会有更为稳固的安宁感，建构值得信赖的自己，最后实现身心融为一体。

所谓瑜伽，不管是体位法或呼吸法，还是其他所有的要领与手段，都是为了平衡我们的身心。呼吸就是连接身与心的桥梁，冥想就是实现内外和谐的路径。

通过呼吸和冥想，通过心识层面去引导身体的舒展，达到真正的心灵与身体共同疗愈，实现人与自然的和谐共舞，我想这是瑜伽对现代人非常有价值的贡献。

在我从事美容行业和生命美教育行业的近30年当中，看到很多人在用身心的透支获取金钱，再用金钱去换取想要的物质，享受得到物质的片刻快乐。尽管如此，人们的心还是没有安全感。在自设的压力下，情绪无法舒解和转化，而执着地钻进生活的圈套，导致身心分离，导致现实生活支离破碎。这是人们惯有的思维模式所造成的。

走进瑜伽的世界，我了解了生命，懂得了生命的终极目的，同时更加了解世界的构成，更加清楚地知道：完美的生命是"身、心、灵"的和谐，而生命的重建最需要改变思维模式。

日常生活中女性朋友容易出现的关节痛、高血压、糖尿病，甚至乳腺癌等跟自己的情绪都是有关系的，你的生活经历、身体结构、行走坐姿、起心动念，包括你的情感经历都会写进自己的身体。身体有自己的智慧，很多人平常疏忽了自己的这种身体感觉，你可能疏忽了自己的脚踝有什么感觉、脚底有什么感受或者耳朵后面的感觉……你通通不知道，这其实也是女人对自己生命的一种疏忽。忘记了自己生命存在的根本意义，忘记了与身体真实的连接，所以，工作压力、负面情绪就直接影响了你的身体状态。例如，长时间的怨恨会吞噬我们的身体，导致我们称之为癌症的疾病，把批评作为日常习惯的人常常会患有关节炎，内疚的人总是会导致肌体疼痛……

生命的重建主题就是爱的唤醒，爱是宇宙间感知一切事物的纽带，不仅需要在外寻找，更要向内寻找，连接爱的本源。一个人是否真正爱自己、真正具有爱的能力，是生命价值观的建立基础。

所以，我们可以不断地借助冥想来暗示自己：我爱我自己，满怀爱心地提供给身体富有营养的食品和饮料；我满怀爱心地修饰它、装扮它，我的身体给我的回馈是健康和精力；我爱我自己，体会生命当下的美好时刻，并且把爱分享出去，这也就是对心灵的一种肯定。

瑜伽教导我们用呼吸来打通我们的右脑和身体的连接，不断提醒我们：跟自己在一起。唯有当我们真正身心安静的时候，先向内探索，再向外拓展，才构成真实的身心连接。我们用呼吸的转变来提醒自己“慢一点”，慢一点才能看到生活的美，慢一点才能看到别人的不易，看到他的眼睛里面也有泪水，他的光鲜背后也有艰辛。

在这样一个急着赶路的年代，请等等我们的身体，等等我们的心，等等身边的好人，等等我们的爸爸妈妈，等等我们的孩子，等等对我们最重要、最好的那些人，等等我们的幸福。

一个女人，只有和自己的心在一起，懂得放慢脚步，平静呼吸，与流动的生活和谐共舞，才能向外走得更远、走得更好。

走进诗慧瑜伽，在安静唯美的环境里，聆听柔美舒畅的瑜伽乐曲，感受身心微秒变化，时而如莲花般洁净，时而如松树般挺拔，随着呼吸让生命之气贯穿身心，远离浮躁焦虑，远离渺小狭隘，真实感受着这个世界的美好与快乐、爱与宽容，这就是生命美文化的魅力所在。

从今天开始，你完全可以对自己负责，用一颗善感纯真的心，去感知爱的奥妙神奇，去倾听那古老而全新的属于你自己的生命律动，去挥洒满腔热忱，去投入，去欢舞，去感动与被感动，去爱与被爱。

活在爱中，身心安定，美好俱足，不过，你得自己相信，你得自己验证。

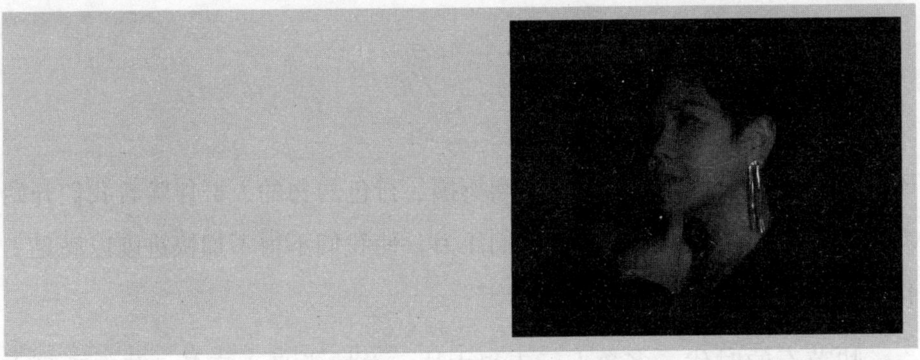

动静之美

你不会因为变老而停止瑜伽，却会因为停止瑜伽而变老。

一身已动，万物皆静，瑜伽是“静之灵，动而美”。静之灵，让你在瑜伽活动中，倾听身心呼吸，体悟天人合一的境界，在宁静而平和的氛围里，共同感受瑜伽带来的魅力和乐趣；动而美，让你在瑜伽的拉伸、拧转和呼吸吐纳中，感悟精神与身体、思想与行动、克制与满足、人类与自然的和谐统一。瑜伽的目的不在于竞技，和自己的身体达成高度的和谐统一才是最重要的。

很多人练习过瑜伽以后才惊讶地发现：啊，原来我的身体可以这样自如地改变！那些看起来很难的姿势和动作，在你每天一点点地练习摸索之后，竟然可以顺畅完成。

每个人都生活在天地间，在万人万物之间开辟自己的人生道路，似乎每一天都在忙碌的世界当中打转，每天早晨为了多睡几分钟懒觉，而不得不急急忙忙地去上班。大街上熙熙攘攘、行色匆匆的人群伴随着我们开始新一天的工作，而工作又带给我们压力，使我们不得不加快进度以满足工作、家庭、社会对我们的需求。

快节奏的时代，多数人行走得太快，总感觉身心疲惫。就在呼吸之间，请把节奏放慢……缓慢平和地生活是一门艺术，也是一门功夫，主要体现在“心情”上面。

汉字里面有一个非常重要的字，它的结构很有意思，就是“忙”这个字，“忄”加一个死亡的“亡”，因为你太忙，导致心灵的感受全部停止、全部没有了。这就是古人的智慧。古人明明创造了一个汉字，告诉你“忙”就是心灵死亡的开始，所以在忙碌的生活中，每个人都需要一个属于自己的静态空间来放松自己，来调节自己的身心。

如果说生活是动态的、是具有流动性的，那么瑜伽则与之相对应，帮助我们放下生活的纷扰与尘世的喧嚣，来倾听内心的声音，实现动与静的结合，创造身心平衡的持续体验。在瑜伽世界静中之动的呈现里，你可以看到，源于内在的专注之美和诚然之美。

美，是所有人向往的，在向外追逐了各种方法之后，我们转回身来做最好的自己。

在瑜伽的舒展与放松中，我们慢慢明白：专注下来，回到自己，触摸内心深处的宁静，才是对生命之美的探索与创造。唯有向内寻找，才懂美之无限……哪怕只有瞬间，却能清晰碰触每个生命的天真之美。走进瑜伽的世界，我们慢慢地历练出内在的沉静与舒展，观照着外在展现的一切身体行为与情绪起伏，来来往往，而内在的静美，一直都在。这种内在的静美，就是生命本真的美。

瑜伽的静之美来自静坐与冥想。古人讲："坐、站、立、卧、行"，首先提到的就是"坐"。在瑜伽的训练体系中，"坐姿"是第一位的。如果我们不会坐，就像盖一座房子没有把地基打好一样。

一个人的"坐"显示她的定力，显示她的内涵，更显示她的生活方式和习性、习惯。比如有人习惯性地跷着二郎腿，那么这个人平常肯定缺乏修为。你可以演示一下这个姿势：当跷起二郎腿，把整个脊背任性地向后仰过去的时候，自然会使傲慢心增加。从身体结构来说，这个姿势会瞬间让我们的腰椎不平衡，久了还会影响健康。

活在这个世间，我们需要找到或发现这种平衡的智慧。

我们要健康、要美丽、要真正的长寿，不是听别人讲那么简单，而是要亲自去做，就从"坐"开始。先选择一个比较舒适的位置盘坐下来，尽量盘坐以感觉下盘的稳定，然后试着让我们的腰、背、颈挺直，并连成一条直线。这种坐姿形成的定力与静态的美，是一种强大的能量场，当然这种能量也来自坚持，没有坚持，根本谈不上瑜伽。

瑜伽的修持方法，能帮助我们把散乱的精神集中并使之平静下来。瑜伽修持首先着眼于身体的强健，然后要求身心融合为一。在此基础上，修持者逐渐深化自己内在精神，从外到内，从感官到精神、理性，而后到意识，最后把外在世界同内在的精神融合为一，达到大融合、大自在的境界。

当内在信念支撑自己赢得外在世界的时候，我们就变得不再屈服于岁月、不再向命运妥协。如果你把瑜伽坚持下来了，无形之中你就比一般人更具有毅力，一般生活中的小事情肯定难不倒你。心态决定身态，身心永远不能分离，对生活的态度直接决定了生命的品质。

瑜伽是一种动静结合的运动，外练筋、骨、皮，内练精、气、神，用来优化生命的内环境，以便更好地适应社会生活的外环境。

改变一个人最有效的方法就是爱他、影响他，就是让他因为受益而自觉自愿地去改变自己，这也是动与静的另一种平衡。面对生活，善于放下，善于看清，让自己足够好，让自己学习爱、懂得爱，让自己更值得爱，就够了。看到别人，尊重别人跟自己不同的存在方式，用心去感知对方的心，用爱去连接，用真诚去成全他，多去支持、多去关心、多去付出、多去给予、多去爱，你只要对他好，你只要真心爱他，一切都会朝着你期待的方向发展。

是的，我们需要瑜伽帮助我们实现身心平衡，我们更需要用爱为自己减负，才能把这种动静平衡保持下去，直至新的平衡出现，而这也是获得更好生活的奥秘所在。

女人如水。人们之所以在表达女人的美好时会用水来形容，那是因水在不同的外在环境中可以表现出不同的形态，又永远不失本色，这是专属女人的动与静的智慧。

女人在社会生活中承担着不同的角色，在工作时她是干练的职场俏佳人，在家庭里她是温柔的妻子和慈祥的母亲。女性的美在生活中因不同角色而多姿多彩，带着一颗充满爱的心，静若处子，动若脱兔，女人从内而外散发出来的灵动、鲜活和智慧，让人产生对美的无限向往。

内外之间

瑜伽一词的原意是“结合”“和谐”。

古代印度人修炼瑜伽意在追求自我与天地的完美结合，并逐渐演变成现在的呼吸法、体位法、冥想法所构成的协调身心平衡的养生法则。瑜伽相较于一般的体育锻炼，注重的不仅是外在形体的改善，更多的是内在的东西。

我们每个人真正的健康不是你有多么硕大强健的肌肉、多么快速的奔跑能力，而是在于你的内脏器官始终是年轻态、你的情绪和心灵始终是平和舒缓的状态，张弛有道，动静皆宜，这样才能达到真正的健康和谐。

瑜伽带来一种内外兼修的生活方式，帮助修持者放松、舒缓、平衡身心。瑜伽拉伸可以在发展身体柔韧性、平衡能力的同时，达到核心力量相平衡。长期锻炼瑜伽的人比普通人更容易控制自身的体温、心率和血压水平，还可有效地调节神经系统及内分泌系统。调息法和放松法可平静内心烦杂情绪，舒缓心境，达到内外兼修。

在塑造外在形象的同时，瑜伽还会带给你一种来自内心的力量。

经过一段由内而外、由外而内的锻炼后，你会惊奇地发现心态已经变了：你不会再为了减几公斤的体重而折磨自己，你会因为快乐而运动，因为运动而快乐。

我想瑜伽能够流行起来主要有以下几点原因：首先是安全性，几乎任何人都可以通过练习瑜伽达到一个良好的身心状态。其次是有效性，瑜伽练习对失眠、抑郁症、神经衰弱症有显著作用，还可以消除压力，改善不良饮食习惯。对于注重形体美的人们来说，瑜伽是一种立竿见影的健身、塑身活动，它可以非常有针对性地塑造身体，同时对于肌肉的恢复也大有好处。最后，瑜伽具有趣味性，尊重自我感受练习瑜伽是一个自然愉悦的过程，通过呼吸和伸展的方法来调节人的情绪，解除紧张压力，让人心情愉悦放松。

在瑜伽的练习过程中，呼吸贯穿于始终。

当一瓶香水放在面前，你会正常地吸气、呼气。但当被提醒去闻香水时，你的呼吸就会下意识地加重。练习瑜伽也会遇到同样的问题，往往一说到呼吸，人的大脑就会潜意识地紧张起来，很难做到呼吸自如。在瑜伽里，强调呼吸是有意识地去控制它，适量深沉、安静地呼吸有助放松身心，让心情自然平静下来。

瑜伽的美感是通过长时间的修炼慢慢达到的，是一种由内到外的和谐之美。

瑜伽减肥是一种很好的绿色瘦身方式，在运动过程中可以通过某些特定的动作使脂肪燃烧，并通过流畅的血液循环将这些垃圾排出体外，内养健康、外养气色。

在此基础上，瑜伽强调深层次的筋膜结缔组织韧带的拉伸，有点酸酸的痛楚，就好像人生，酸中带甜，甜中带苦，苦中又带酸……它强调的是整个身体的放松，清空一切杂念并结合缓慢自然的呼吸，在肌肉完全放松的状态下锻炼骨骼及其连接组织，使气血畅通，以达到保健和预防疾病的功效。

瑜伽如同一面镜子，让我们由内向外看自己。在敞开中，找到自信；在放下时，找到谦卑；在回望时，找到理解；在平衡中，找到宁静。这就是真正的内外兼修之道。

我在课上问学员：谁在主宰我们获得幸福和快乐？

很多人都想知道，到底是什么因素决定了我们每个人不同的命运。为什么有的人在困难的环境中开创出不凡的人生，有的人却在优越的环境中毁掉自己的一生？是什么因素使有些人成为后人的榜样，有些人却成为后人的反面镜鉴？

面对是谁主宰命运的问题，有人说性格，有人说金钱，也有人说是自己。认为自己可以主宰幸福和快乐的人，应该被点赞，这就是一种清晰的自我认知，一种了了分明的成熟心态。

你想要改变命运，就要学会先改变自己。如果你感觉自己做事不成功、做人不快乐、生活不幸福，你首先要好好检讨自己，看自己有没有需要改进的地方。记住，成功不是追求得来的，而是被改变后的自己主动吸引来的。一个人不可以“身、心、灵”分离，只要处于分离状态，就会感到无边无际的不安、恐惧、无所适从、焦虑和压力，感受不到生命的真实存在并逐渐失去生命力。这些心灵层面的状态会直接反映到你的身体层面，也会相应地出现各种疾病。

事实上，这就是好心态与坏心态的本质不同，也是健康和疾病、痛苦和幸福、成功与失败的本质不同。而人生真正的成功，就是生命的平衡状态，瑜伽则能通过外在的锻炼打通内在的心结和气脉，内外兼修，让身体健康的同时，心态也会跟着健康起来，帮助我们兼顾生活的方方面面，有工作也有休闲，有爱情也有自己，有财富也有健康。

积极的内心会让一切都开阔——心美丽一切都美丽，心快乐一切都快乐，心幸福一切都幸福。我的经历告诉自己：接纳中有医治，感恩蕴藏着神奇的力量，对别人好就是与自己的和解之道。在你身边就是你的爱人、你的父母、你的孩子，真诚地敞开自己，好好地去拥抱吧。只要你用一颗真心看到他了，你在意他，你爱他，你希望他好，他就会收到这一切心意，也会回报你更好、更多的东西。

当你真正超越了个体局限，你才真正知道什么叫作美。那个时候，岸边的一朵花才真的跟你有关系，鸟语花香、蓝天白云才属于你；那个时候，别人的好你才能瞬间接收到，根本不需要解释。

自己心里面有温暖，全世界就不再寒冷。

内在生命和谐了，外部世界自然顺风顺水、阳光普照。

平衡之道

完美的瑜伽是动与静、呼与吸、柔韧与力量、体式与冥想的平衡。

世界的奥秘就在于“阴阳平衡”，一件事物总有与之相对的东西出现，就像阴与阳、好与坏、男人和女人、爱与恨以及动与静。人生就像不断律动的钟摆，阴与阳就立于钟摆的两侧，如何维持一种动态的平衡，就是保持健康与成功的奥秘所在。

和谐浪漫的爱情来自世间阴阳能量的平衡。男人和女人本来就是互补、共存共荣的，任何一方绝对不可能因为压迫伤害对方而得到真正的幸福和快乐。男女之间很多差异是需要尊重的，异性相吸才是爱情的源动力。聪明的女人懂得刚柔相济，掌握快慢强弱的节奏。在做事的时候，可以如“女汉子”般飒爽英姿、尽情释放；那么，在喜欢的男生面前，适当地小鸟依人、温柔体贴难道不可以吗？

世界很公平，男人擅长左脑思维，按照逻辑理性向外打拼，具备一定的“侵略性”，主要是解决问题、谋生存；女人则更注重右脑感受，自得其乐，美不胜收，重感性，多与直觉、感受、艺术、美相关。

于是，这个世界上出现了两条道路：一条向外，写满了奋斗、进取、竞争、打拼、争功名；这是非常典型的男性思维，是以阳性力量为主的道路。还有一条向内的道路，安静，平衡，和谐，强调自我完善与万物共生，是女人的先天主场。

凡事合乎平衡之道，懂得赢取，更懂得放下，可以使我们永远保持轻盈成长的状态。

近年来，社会心理疾患很多，就是因为在物欲的世界里，很多人解决不了克制与平衡的问题，越过了一个人能承受的界限，被贪婪带到了崩溃的边缘。当一个人奢望得到一切时，就很容易焦虑甚至崩溃。如何规避这种情况？就是要有界限，要懂规律并且遵守规矩。

事实上，平衡是一个旅程，而不是目的地。

钟摆永远是循环往复的，不会固定地摆至左右两边。阴阳之间也需要一种持续的平衡，如同人体和机器在某些方面是相同的，经常运转的机器故障率往往很少，反而是久未使用的机器更容易生锈。人体也是这样，在阴性和阳性的生活方式之间保持正常律动才能健康年轻。人体的平衡能力是一种很微妙的状态，牵涉到纠正错误和矫枉过正的现象，还牵涉到伴随呼吸去探寻自然的和谐状态，这也是我自己最喜欢和认可的一种生活状态与方式。

现代瑜伽是根据东方的阴阳原理，把古印度的瑜伽与中医的经脉理论、针灸的穴位实践相结合的一种新概念瑜伽，是对传统瑜伽的补充与创新。根据道家的阴阳学说，在瑜伽中呼吸时吸气是阳，呼气是阴；在体位练习中，流畅的体位是阳，保持的体位是阴；从人的身体来说，血液、肌肉是阳，骨骼、内脏是阴。

为了达到身体能量的平衡，练习肌力训练的体位法后，应该配合一些舒缓式的动作，使阴阳能量结合，也让身体多一点时间与心灵接触，最后回到高度专注的冥想状态。

练习瑜伽过程中，除了呼吸的配合外，我们的下半身要保持延展训练，而上半身要增加一点力量练习。一般人腿部运动大多只用于走路、跑步或肌肉承重，延展性不够，所以这里需要拉伸；平常上半身运动很少，为了平衡，我们要在这里保持力量。

瑜伽的平衡体式提供给我们一个学习和体验动态平衡的机会。比如树式，看上去是很简单的一个单腿站立的平衡体式，无论你如何静止，甚至就像雕像一样，也会微妙地意识到，必须不断地、专注地倾听、感觉，并对每个时刻都作出回应才能保持平衡，否则就会马上倒下。所有关于平衡技能的训练，本质上都是在修炼一颗静心、一颗专一之心、一颗平衡之心。

身为一个女人，在职场的威风强势和在家里的温柔贤惠不是必然对立的。一个成功者休息或者疗伤的场所在哪里？是家，是爱人的怀抱。任何一段美好的爱情，都需要当事人付出爱与智慧，需要去学习与改变，需要为爱成长。在某种程度上说，幸福婚恋也是一项事业，是一项高度讲究平衡艺术的事业。

更加神奇的是，一个人身上同时存在着阴性力量和阳性力量。当你爱的时候，当你祝福的时候，当你感恩的时候，当你善良的时候，当你示弱的时候，这是阴性力量在主导你；当你愤怒的时候，当你怨恨的时候，当你逞强暴躁的时候，这是阳性力量在主宰着你。所以，能阴能阳，刚柔相济，能付出，也能接受，是对现代人而言非常重要的平衡能力。

无论是外在世界的平衡还是身心健康的平衡，它们永远都是动态的，不是绝对的。借助瑜伽，从一种平衡前进到另一种平衡，就是一次“弃旧图新”的过程。

人生的幸福其实是在把握生命的平衡状态，有工作也有放松，有爱情也有自己，有金钱也有健康，小也能撑大，难也能变易，累也有快乐。

在生活的任何两个极端中，找到属于自己的平衡点，也就找到了真正的成功与幸福。

诗慧花园：用爱唤醒更大的爱

教育是一棵树摇动另一棵树、一片森林推动另一片森林。

爱，是一粒没有标签的种子，种在肥沃的土里就可以生根发芽并遍地开花。

让每一个大人有爱、会爱，让每个孩子接收到爱，传承爱，让爱绽放在生命中的每一时段。

一个人的成功不是靠自己，而是靠很多人；自己的优秀和付出，是为了赢得人心，为了成就更多人！同样道理，有生命力的企业文化倡导平等对待员工，平衡相关者的利益，提倡团队精神，并鼓励创新与承担社会责任，成就团队梦想，造福天下。

我不再说话，不再思索，

但无尽的爱从灵魂中升起。

我将远行，走得很远，如同一个吉卜赛人，

穿过大自然，幸福得如同有一位女子同行。

——[法]让·尼古拉·阿蒂尔·兰波《感觉》

用“爱”与“生命美” 诠释爱之道

爱之“道”这个主题，来自加拿大关系心理学院的John。面对他，我自然而然地褪去盔甲，还原真实本性，内心柔软得就像婴儿一样。

那天，我带着推动2017年青少年“心灵陪护”百场公益沙龙的强烈意愿，莽撞却也忐忑地向John提出请求：“是否愿意为此公益行动贡献自己的时间和爱？”

他凝视我良久，说：“你有意愿做青少年公益活动我很欣慰，能告诉我为什么吗？”

我的心在他问出这句话时就已开始颤抖，因为脑子里迅速闪出2016年12月9日那天听到的4个孩子跳楼的消息：我的邻居的孩子、我的同学的孩子的同桌，还有新闻中的花季少年，他们是那么懂事，是什么原因让他们选择放弃自己年轻的生命？这样的悲剧能否不要再发生？

我克制着情绪，眼泪却不听话，声音哽咽却清晰地回应他：“我想让孩子能看到世间的美好，让他们知道是有人愿意聆听他们、爱他们的！”

John 的眼睛红了：“我愿意支持你！”

我哭了，不是悲伤，而是感动，为世间有这样真心付出不求回报的真实的善而感动。

John 就是这样一个活在爱中的人，我泪眼蒙眬地感谢着他，忘了当时自己是怎样的表现，只觉得身心充溢着温暖。人与人之间，就是这样一句“我愿意支持你”就足以融化陌生，简单的语言里蕴含着强大的爱的力量！

于是，3 天的时间，我陪伴 30 名学员聆听其他学员的分享和 John 对每位学员问题的回应，深切感受到 John 那种充满爱、慈悲和智慧的能量场。

也许大部分学员是希望学到如何跟孩子沟通、如何更爱孩子的“术”。但通过 3 天的学习，在 John 看似无为的带领下，学员们的内心被感动，学习到如何爱的“道”、如何为“心领袖”赋能，认知身体的智慧，了解情绪的源头，自由调控学习的压力，为日后精彩的人生奠定坚实的基础。

在课程中，John 提起一个概念——“随喜”，含义是为自己负责，对别人为自己提供服务的价值和自己的所获做一个客观地评估，是发现别人价值的一种能力。同时也是“跟着快乐”的意思，别人做善事时自己乐意参加而生欢喜之心，即便没有能力去帮助他人时，看到他人获得了帮助也会很高兴。每个人可以用自己的方式表达内在的欢喜之意，可以是钱，可以是参与行动，也可以是传播赞美，我们得到了别人的帮助，就要对别人的价值进行肯定。“随喜”是一个多赢的行为。

John 对“随喜”的解释，打开了我们另一个思维模式。

在课程现场，学员和工作人员可以感受到John无处不在的爱。当John告诉学员，不要问孩子幸福不幸福，只需问孩子当下的感受是什么的时候，学员懂得了“我是一切的根源”；当John模仿那个拿着32分数学试卷的孩子颤颤巍巍地走到学员面前，表现得那么无助和恐惧，让学员反省自己用分数来衡量孩子是否优秀有多么的愚蠢；当John模仿“揠苗助长”的动作，提醒学员每个孩子来到这个世界都是宇宙派来的天使，都有自己的使命，家长能做的是用爱陪伴、静待花开；当John反问一位用体罚的方式教育孩子的学员，经常会在学校打架的孩子是跟谁学会了打架时，学员羞愧难当地脸红了；当John温柔地拥抱情绪激动的学员，立即组织学员展开讨论的时候，学员感受到他的智慧与慈悲；当John回应学员关于“就算全世界抛弃了你，妈妈也不会抛弃你”这句话的时候，学员明白了“想要被爱就如同水想变湿”一样，我们本身就是光、就是爱，都是宇宙的一分子，少了任何一方都是不完整的；当John引导一名在活动中因感觉被抛弃而情绪低落的学员，告诉她因为爱让她单独一人，借此机会让别人都能感受到爱的时候，学员理解了“当我们改变看待世界的方式时，我们看到的世界就改变了”这句话的含义……

就这样，通过幽默的模仿、睿智的回应、流动的引领和有温度的陪伴，30名学员全然被John强烈的爱的磁场所吸引，被John无边的慈悲所感动。

3天时间，学员们仿佛开启了心灵的花园，就像一直在黑暗中的心灵见到了久违的阳光一样，有的喜极而泣，有的感动落泪，有的幡然醒悟，有的笑脸如花……

课程结束了，学员们自然而然地表达了自己的感受，对自己在课程里的收获表达感激与感动，为生命美事业注入了源源不断的鲜活动力。同时，“诗慧瑜伽”在这样温暖的情境里，也伸出双手邀请大家一起走进青少年“心灵陪护”百场公益活动，与更多热心人士一起贡献自己的智慧、时间和情怀！

自从研习了海文心理学课程以及亲力亲为地开展了青少年百场公益课程，我经常思索着：爱是关乎生命和未来的一切，每一个人爱的能力到底从何而来？

爱的潜能来自童年经历，我们最初是从父母那里获取爱的源泉。爱，是父母送给我们最好的礼物，因为童年对人一生的影响实在深远。

台湾著名散文家林海音说过，“每个人生理上的童年终将消逝，但心灵的童年总会伴随终生。”从文学的角度来看，这段话很美、很诗意，但从心理学的角度来分析，这段话又是一把双刃剑：如果你的童年被爱滋养，你的潜意识一生都会给你传达幸福和快乐的信号；反之，你的童年不幸或者存在太多遗憾，这种伤痛和遗憾几乎也会陪伴一生。

在亲子教育中，给孩子最好的礼物就是爱与自由，这是孩子展翅高飞的基础，能够让孩子各方面能力得到最大的发挥，帮助孩子做真实卓越的自己。

在我的观念里，爱与自由从来不是对立的，它们是和谐而统一的。我所说的爱，更多的是一种对于孩子情感的满足；而自由，则是一种心灵的自由。

究竟什么是爱与自由？这是值得每一个人思考的问题。父母与孩子、丈夫与妻子、朋友与朋友之间的相处都需要仔细斟酌爱与自由的平衡，探索爱与自由的方法。

如果一个儿童没有在情感上得到发展，没有获得到足够的爱，那么他的内在就不是自由的状态，而是被约束、被控制、被管教的状态，就不能发展为一个有完整自我的人。一个儿童只有在自由状态的时候，才可能展现自己内在的东西。

孩子们虽然是幼小纤弱的，但他们天然懂爱，并且知道谁在爱着他们。父母需要视孩子为独立个体，他只是在年幼时才需要和你在一起，作为父母只是在尽一份社会责任。这是“爱”的基础，只有内心不把“孩子”狭隘地当作附属品，才能做到大爱！孩子成年后，他可能会是一名技术工人，可能会是一名企业家或科学家，也可能会是一名城市清洁工，但那就是他，属于他自己的人生，这需要得到尊重。作为父母，你能否骄傲地告诉所有人：这就是我的孩子！你能否承认那是独属于他自己的幸福呢？如果能，那么，你做到了真的爱他，做到了承认他的爱。

当你不再认为孩子仅仅是属于你的附属物时，你就开始学会尊重他，宽容他所犯的错误，不再因为他身上有了你的基因而把自身的压力转嫁到他身上。甚至会开始仔细琢磨和他交流的遣词造句，因为你能体谅他的处境，也能直指他的错误，你与他保持非常平等友善的交流，规范他、指导他。

当你有了这样的爱，也就给了他自由——给了他生长的自由，给了他选择自己人生道路的自由。当我们心中拥有这样的爱时，就能平和地给予孩子们成长中所需的一切，帮助他们拥有自己的世界。

爱孩子，让孩子的内心温暖富足，并懂得欣赏生活、热爱生命。

爱自己，做一个独立丰富的个体，自强且懂得取悦自己，活成孩子的好榜样。

爱世界，心怀美好，对身边人多一些善意和微笑，多去帮助有需要的人。

也许，每一次人与人之间带着温度的交流，都是生命中最重要的小事。但是，对于妈妈而言，我们给这个世界的每一丝温暖，我们和孩子每一次基于爱的互动，将汇成孩子的锦绣前程。

100场青少年公益沙龙的背后

作为一个妈妈，在陪伴女儿长大的过程中，我心中一直激荡着一种情怀，就是想跟同龄父母分享和探讨：如何让孩子比我们更优秀、更自由、更快乐。

我希望，每个孩子在求知和成长的过程中，不会因为错误的爱和被迫的催逼变成学习的机器，在小小年纪就失去创新的能力和探寻未知的欲望。我不希望因为物质过于丰盛、父母生命成长的滞后，让孩子们的精神生活变得贫瘠。

我认为，留给孩子最重要的印记，不是外在的物质与规条，而是来源于父母给予他们的心灵滋养。我们的父母辈不像今天的我们见多识广，但他们留给我们的财富是无法衡量的。我们能不能也用自己的言传身教给孩子们留下美好的印记，当他们长大成人，谈起自己的父母时，能开心地说：“感谢我的父母，给了我一生最伟大的影响和教育。”

有位妈妈曾跟我说，“孩子的人生起跑线是内在强大的安全感，我不想用我的思维去限制孩子，因为我知道我过去的经验只是让我活着；我也不想给我的孩子留下房子、票子，因为我知道它们不会让孩子过得快乐；我不想给我的孩子过早地规划未来，因为我知道孩子来到这个世界，有她自己要完成的使命。我唯一要做的就是，在力所能及的范围内，让她早点了解世界，了解自己的内心，增长生活的智慧，建立内在的精神系统，感受到世界对她的接纳，体会到足够的安全感，自由流动于各种人际和事件当中，保持平和与乐观！这是我想送给孩子的最宝贵的礼物，我也相信她一定会享用终生！”

我非常赞同这位妈妈的智慧认知，富足的心灵滋养才是孩子健康成长的基础。

有位妈妈在青少年公益课上跟我接触过。有一天晚上，她给我打来救助电话，说十万火急。我听着对方如此迫切地需要帮助，就征求了女儿的意见，把这位妈妈和她的女儿请到了我的家里。

事情并不复杂，本来决定要去美国上学的孩子，临时变卦，父母非常着急又束手无策。坐在我前面的妈妈很无助，孩子的问题在她看来非常严重。等我了解了事情的来龙去脉，发现问题并没有这位妈妈想象得那么严重，孩子只是需要被看到、被尊重，她需要一个好好跟她聊聊、听听她内心真实声音的人。

当我站在心理咨询师的角色给予孩子一对倾听的“耳朵”，让她把内心真实的声音说出来，然后像亲人一样，对照着现实问题提出解决建议的时候，孩子很快放下了对抗情绪，并且答应要去美国好好学习。

这件事给我的思考和感悟就是：很多孩子有问题并不是孩子的问题，而是父母与孩子的沟通出现了问题。父母虽然努力挣钱、打拼，但缺乏对生命与关系智慧的学习，往往不太懂孩子的心，不善于去体察孩子，不懂如何去爱孩子。

所以，让家长懂得如何爱孩子，如何在爱孩子的同时，升华自己的生命认知，我认为是非常有意义的事情。带着这样的初心，我开始力行“100 场青少年公益沙龙”，我想在百花齐放的教育模式中探索一条回归心灵、涵养心性、尊重孩子自然成长规律的至简大道。

在这里，我们倡导一种自然生动、情理交融、诗情画意的学习方式，调和生命状态，助力孩子多元化成长；在这里，我们培养孩子日常生活自理能力以及生活礼仪，帮助建立自我负责的信念系统，进而爱物、爱人，做到和谐自己、和谐他人，获得生活的幸福感。如此一来，我们既能帮助很多的孩子，也能唤醒更多的父母，让我们都能看清教育的真相，了解并掌握爱的系统，明白生命之河的次序：上游要爱好自己，自身和谐；中游要爱好爱人，婚姻和谐；下游要爱好孩子，亲子和谐。

我们想呈现给孩子一种广阔的生命格局，在大自然面前自由呼吸、快乐奔跑，有“亲亲而仁民”的君子气度，感受昆虫动物、感受花草树木、感受有情万物，胸中有天地、有自然、有地球、有整个人类，建立万物一体的平等和谐心，对生命满怀敬畏与温情……

教育的情怀和资本无关，也和互联网无关。当初孔子在曲阜筑杏坛，其教化影响力远远大于现在的任何一个教育企业；朱熹等智者在岳麓书院传道，对于中国文化的贡献也远胜今日的任何一所大学。

教育，首先是影响人和培养人的事业：影响人的生命态度，培养人的人格品质。

我们帮助家长提高教育自信、开阔眼界、找到不足和短板，在自省的同时，看到孩子的闪光点，改进教育方法和理念，与孩子一同成长；我们帮助孩子从小学会爱、懂得爱，爱自己的同时，也能爱跟他产生关系的一切人和事物，这样的孩子才是一个内在丰盈的人。这是我当时要举办“100场青少年公益沙龙”的初衷，面对未来，我们不忘初心，砥砺前行。

教育不是一件急功近利的事情，需要无数有识之士参与这个过程，我们不仅对孩子的生命成长负责，也对自己负责，请多一点耐心、多一点爱心、多一点宽容、多一点接纳、多一点等待、多一点允许……用生命影响生命，让教育自然发生。

当我带着这些爱的思考，带着爱的团队去组织青少年公益沙龙的时候，所有人的内心都充满喜悦与幸福。我希望每一个妈妈都能因此受益，每个孩子也都能受益，希望天下成为爱的家园，于是，我写下一首小诗——用爱创造生命美：

如果今天

我们还没有死去

就像花儿还没有枯萎

请允许自己像18岁永远美丽

因为盛开是花朵的使命

请不要辜负自己

如果明天

太阳还会快乐地升起

如果我们身边还有人值得珍惜

请用微笑告诉他

我爱你

如果生命只有一次

如果这条路上可以有你

我一定用最美的自己

好好爱你

因为

生命美

世界才会美

爱的助力，让每个女性喜悦蜕变

这个世界流传着一个真实的谎言：只有遇见浪漫的爱情，一个人的人生才能圆满。事实恰恰相反，一个人只有不断学习、不断成长，让自己具备爱的意识与能力，才有资格拥有完美的爱情与幸福的人生。

我们常常错误地以为，借着一段“理想”的关系，可以让自己变得完整。其实，“理想”的关系并不存在，别人也不能弥补我们的不足。

现实生活中，越来越多的人物质丰富却内心孤苦，爱的缺失造成很多家庭和社会的问题。

放眼周围，因爱而生的困惑痛苦乃至悲剧不少，但是我们的传统学校教育体系、家庭教育、社会配套机构等，对爱的教育、情感问题解决渠道两方面都是缺失的，需要我们有所作为。所以，我内心坚定，用爱创造生命美这份事业是社会所需，人们需要这方面的唤醒和帮助。事实上，这份事业也是一份爱的情怀和担当，我也在感召更多志同道合的人们同行，尤其是“诗慧瑜伽心理关系学院”的事业发展需要更多的爱的伙伴。我们目标一致，身体力行，就是帮助更多的人，做到让心回家、让爱开花、让世界更美好。

在漫长的生命跋涉中，我们大多数人最终会发现，去掉种种幻想和期待之后，除了爱，我们一无所有。如何接纳并不完美的自己，接纳自己并非惊为天人的身材、容貌，接纳自己在人生旅程中的跌跌撞撞，同时，不丧失对美好生活的相信与践行，这个过程就叫成长。

美好的心灵状态决定着生命的状态，美好的心灵状态也决定着生命的品质；追求美的过程就是生命修炼的过程。唯有当我们主动提升了爱的高度和爱的境界，内在的心境清澈通透以后，我们才能真正实现美好的蜕变。

美学大师李泽厚提倡美应该是重实践的，这影响着“诗慧”的美丽思想：美是可以通过“后天”实践修炼出来的，而诗慧所倡导的生命美的修炼，就是帮助女性在平常生活中随时提升爱的能力，实现“身、心、灵”的完美和谐。

爱是根基，是生命美的基因。美丽的力量来自心灵的力量，心灵的力量源于爱。人们对女性之美要求越来越高，为了便于清楚地认识美，我们将女性的美进行归类，划分为内在美和外在美，这也是“诗慧”一直提倡的生命美的系统思维。

女人爱美，一生一世。女人修炼美，随时随地。外在的美丽一定要有内在的支撑，内在的美一定要有外化的方法。

内在美是由心灵意识、思想知识和生命态度构成的。

一个美丽的女人，首先对生活是积极热情的。她对人对事都有正向乐观的解读，而不是一种“全世界都负了我”的心灵状态。这样的女人能够接纳自己，敞开身心，乐于付出，有着管理自己情绪的能力。同时，她们有着一定的知识修养，懂得给自己和他人留出自由的空间，在人格和思想上完善而独立，像一朵迎风绽放的花朵，温柔而强大。

“诗慧”——正是应和着女人的心情节拍，踩着浪漫的鼓点，用优雅的姿势，发自内心奉献给女人弥足珍贵的爱的礼物：提供给你想到的，更提供给你没想到的；用心呵护你的肌肤和身体，更懂得滋润你感性浪漫的心灵，更懂得抚慰你绚烂缤纷的梦想。

当一个女人学会了爱，学会了从内在梳理与自己的关系，知道情绪和心境大部分都来自自身的时候，往往就走上了改变自我的道路，借助这个改变，最终收获的将是更好的自己。

这是一个光怪陆离的世界，看着别人所拥有的天赋、容貌、才华、财富，人们很容易受到诱惑，心境会受到打扰。其实，每个人的内心都有一份爱，在不同关系中得以体现，爱需要有良好的互动，充分的尊重是爱的表达基础。

爱，首先是一种生命态度，更是一种可以学习和提升的能力。爱是一种能力，是一门艺术，也是一种生命态度。要想爱得有力量，“诗慧”提倡从爱自己着手。

有爱，一切方法尽在其中，我们用多元化的方式，邀请众多姐妹们在日常生活中，放慢前行的脚步，尝试与自己的心灵对话：

内观：

（1）是否有自我反省、自我揭露的能力？

（2）是否能有勇气呈现自己的脆弱？有没有能力决定在什么时候和什

么人面前隐藏或向别人分享心中的感受？

（3）是否能为自己的感受负责？不依赖别人的评定或迁怒于他人。

（4）是否有信心自我肯定，接纳如实的人生。

觉察：每时每刻的当下都能下意识地观察、体会自己的心灵状态、思想意图。

承认：认识到并面对、接受无论是好的还是不好的心理感受和事件结局。

调整：勇于改正，不用对与错来衡定，只关注成长。

行动：促进良性的爱的心灵感受，建立亲密关系。

在提供高质产品和服务的同时，“诗慧”用自己的努力影响更多人学习爱、懂得爱、表达爱。

“诗慧”的爱总是不断地体现在服务细节和对生命的尊重与疼惜上，无论你的身心状态如何，“诗慧”的美疗师和顾问们都能随时保持内心的温度与敏感度，给你全方位的爱的滋养。

轻松漫步在“诗慧”的文化走廊，用虔诚的心，看春梦朝云，学提起放下，悟水车原理，懂莫轻园头，品南泉救鹅，修能大能小，做到一切之外，享受闲踏梧桐，追求美好与深层和谐的女性朋友又怎能拒绝这份浪漫的约定呢？

爱是需要学习的，会爱才是真爱。

爱是什么——有一颗真诚、关怀、包容、体谅及奉献的心，心甘情愿地去温暖世界。

爱的能量是会传递的，当你的心灵打开时，当你成为“爱”时，你无时无刻不在传播爱，就像太阳会发光，鲜花会吐露芬芳。

一个活在爱中的女人很美；一个拥有爱的品质的女人有自己的力量。她的心灵打开了，开始在生命的每个层面散发自己的爱，同时也在散发着独特的女性魅力，如花香弥漫。

推动爱的手，才能推动美好生活

在健康美容行业摸爬滚打多年，我深知教育的责任；在多家直营会所的经营管理经验，推动我努力寻找美丽事业的根本。

我深信，立体而丰富的知识构架才能成就一颗睿智的头脑；整合赋予生命力的能量，才能成就美丽智慧的人生。

2008年春天，我一直在杭州与美容行业的优秀经营者们沟通。在和大家朝夕相处的日子里，我感受着她们的工作价值观、职业追求与使命感，也思索着她们普遍面临的经营瓶颈和事业困惑：美丽事业，到底路在何方？

最初，人们凭着对美模糊的了解闯入了美的领域，形成了一股汹涌的大潮，造就了一个行业，也催生了美容师这样的职业。尽管当时从业者对美的理解还很肤浅、片面，但在大发展的时代背景下，行业的包容与接纳成就了一批创业成功者。

遗憾的是，物质利益的获得却没有换来理想中的幸福和快乐。

现实工作中，不少美容从业人员身心疲惫，压力巨大，外表光鲜而心灵僵滞。在今天快节奏、多元化的时代背景下，我们这些“美丽使者”真的拥有发现美、追求美的意识与能力吗？

一个人如果没有文化的支撑就等于没有灵魂。对于美容会所来说，没有文化的底蕴等于身体细胞没有再造的功能，很容易夭折。

当我们真正沉静下来，就会意识到：这个创造美、传播美的行业迫切需要文化的沉淀与梳理，需要内在的力量来支持未来的可持续发展。

在无数次思索和实践的过程中，有一天我突然灵光闪现，写下了生命美的感悟：我们总是在寻找自己职业的根，就是如何真正满足客户的需求；我们很想提升自己的职业地位，努力却总是迷失方向。

我内省，用瑜伽的哲学方法，似乎看到了一些光明。当他人还在懵懂中摸索时，我却有了看到光明的欣喜。因为，我了解生命真正的美，这是职业的根，客户真正的需求。

“关爱生命，关注亚健康”，我们执之有方，并行之有效。外在形态的美，人们乐此不疲地追求；内在心智的成长，人们却漠然无知。人类活着的终极目的：健康、美丽、快乐、和谐。我们需要用心创建美文化，用爱创造生命美，构建“身、心、灵”和谐美是行业发展的主流。

从产业角度来说，美容行业是一个完整的产业链，要真正满足客人的求美需求，经营者提供的不应是奢华消费表面体现的挥霍和浪费，而要以客户的生命美需求为前提，用爱的文化与专业化、个性化服务去真正满足顾客的身心需求，帮助她们由内而外完美绽放。用文化赋予企业生命，用专业赢得市场信任，用心才能引领美容行业的未来发展。

“文化”一词源于拉丁文，意思是对土地的耕耘，对作物的培养和本身的开化与修养。中国台湾著名作家龙应台指出：人本是散落的珠子，随地乱滚，文化就是那根柔弱而强韧的细丝，将珠子串起来成为社会。文化几乎无所不包，一切企业行为都可在文化里找原因。谁拥有文化优势，谁就拥有竞争优势、效益优势和发展优势。

美容企业文化建设应通过提高美容师专业技能与综合素质来体现。应强化爱的教育，通过公司文化的引导，启发提升美容师在生活中去挖掘美，去感悟爱，开阔美容师的视野，超越物质利益，用心灵去感受、去寻找客户真正的需求，从“关爱生命、关注亚健康”的角度创造生命美。

美容行业的发展离不开教育，构建“身、心、灵”和谐美更加离不开行业素质的提升。

美容师的素质是美容行业最根本的运转核心，我们绝对不能忽视美容师素质的提升。只有美容师素质提升了，行业地位才会随之提升，客人的生命美需求才能真正得到满足。

我们的工作是创造生命美，我们服务的对象是人。因此，从事美业的思维就要从人性的本质、从生命的本真需求着手，从创建和提供“身、心、灵”和谐美的途径和方法上着手。美容师要成为“身、心、灵”和谐美的先行者。

细节决定美，心灵创造美。美容师应该用什么心态去对应化妆造型，用什么样的心态去对应身材管理与健康养生？“诗慧”带着满满的爱与顾客的身心对话，带着对一朵花的欣赏、呵护的心态来进行这些工作，如此一来，这些健康美丽的工作就不再只是简单地追求美白或减肥瘦身，更是一种女性呵护、宠爱自己的方式。

女性美丽容颜的改变，需要在生活细节中去修炼，需要内心温润有爱的滋养。

“诗慧”的“六觉图”广受好评，不仅体现在愉悦身心的SPA项目方面，也同时与外在美触、视、听三个方面的感官相吻合，如指导女性发型与脸型的搭配、服饰与色彩的整体搭配，帮助顾客保养年轻化的皮肤，塑造匀称健美的身材，这都会有效创造一个女人内外和谐的美丽。

虽然美容师岗位平凡，但通过技术创新，结合音乐、意识、呼吸、手法及中医经络理论，加上自身的感悟，用灵巧的双手操作特有的能量手法，用专业负责的态度，向客人传递细致关怀与贴心的爱，呵护顾客“身、心、灵”的和谐，引导客户用心认知生活、关爱生命，这是多么有情怀的伟大的事业啊！

人类心灵对美好的向往与生俱来，本质上来自爱的存在。

爱是世间最顽强的正能量，是一种需要直面心性的全新思维模式和行为模式。

美容会所如果能够从关爱生命、尊重生命的角度来引进产品项目、创新技术、提升从业者的职业素养，把爱表现在标准的工作流程、工作细节、与客户沟通的语言结构、与客户的身体接触、与客户的意识交流上，那么，就一定能帮助爱美女性有效提高生活和生命的品质，成为她们身心放松、内心安宁、生命绽放、容颜保鲜的心灵加油站。

“诗慧”始终坚守这样的信念：我们以至高无上的责任感善待人与事，

我们用顾客渴望被服务的方式来服务她们，我们以相互尊重和爱心交融的原则对待客人与同事，始终以微笑、亲切、专业、负责的态度加上百分之百地虔诚用心，从身体到心灵，从环境到服务，真诚满足求美者的隐性与显性的需求，一切只为爱你，为你创造美丽新世界。

未来已来，携手共创爱与美的事业

我特别喜欢互联网上流传的这段话：“未来，是一群正知、正念、正能量人的天下。谁的福报越多，谁的能量越大，与智者为伍、与良善者同行，心怀苍生，大爱无疆。”

早在入行之初，我就希望能把健康美容行业的文化底蕴和人文关怀挖掘出来，并发扬光大。从2006年开始，我把瑜伽、心理学、医学、美容以及SPA结合在一起，形成了独有的“生命美”文化系统，率先在业界提出“用爱创造生命美”的观点。我们一直在追寻：什么是真正的美？什么是我们必须坚守的初心？

爱美是人类的天性，如何去追求和拥有真正的美丽呢？首先，我们要了解美是什么。

美学家李泽厚对美这样定义：“美是人的本质力量的对象化。”就是说，如果一个人体验到美，他就体验到了自己生命的本质力量。美是感性学，来自身体和生理本能的一种快感，美的最高境界是“身、心、灵”的统一。美的首要基础是爱，美来自正面力量的累积。美的根本在于爱。

现代人习惯奔波、习惯以身心透支为代价去换取金钱，漠视了内在心智的成长。人们用所谓的奢华物质消费去平衡身心和填补空虚，结果只是浪费和挥霍，于身心和谐无益。如果美容会所从上到下依然只关注顾客身体，那就只是停留在一个肤浅的角度，肯定无法引导和满足高端客户的深层需求，将来也难以赢得爱美女性的信任和青睐。

社会在发展。飞速发展的时代对健康美容行业的从业者也提出了更高层次的要求。

爱美女性对“身、心、灵”健康美的需求越来越高，美容会所存在的意义已随着社会的发展和人们对于高品质生活与生命质量的追求，发生了递增性的变化，进入了一个需要再诠释的时代。我们需要更进一步挖掘美的深意，并且在工作实践中为顾客创造“身、心、灵”的和谐美。

新时期美容工作者的责任就是创建和提供“身、心、灵”和谐美的途径与方法，来满足求美者的隐性与显性的需求，去引导顾客追求卓越品质，完善超凡人格，实现“身、心、灵”和谐之美，提高爱的能力与幸福指数。

爱是生命之光，爱是一种可以表达和传递的能量，它在感觉之上，是对所有生命的慈悲。女人更应去追求生命本身的那种美，让自己内心明静、性情宁静，不断增长内在力量，提升生活品质，彰显出刚柔相济的自信之美。同时，学会去接纳所有的情绪，并赋予它们正向的意义，让生命每一刻都传递着爱的能量。要学会感恩，懂得给予，不断积蓄生命中爱的能量，与世界、与自然万物和谐共处，这样，我们才能获得真正的美。

在多年探索与实践中，“诗慧”以“用爱创造生命美”为宗旨，把爱运用到美丽事业之中。

我们思考探讨生命意义上的美：必须先要有健康的身体，在此基础上，达到“身、心、灵”的和谐之境。我们追求的是外在美和内在美的统一，外在美用相关产品和仪器，用“生命动能”“生命解码”“能量手法”等技术系统来帮助人们获取，内在美用“诗慧瑜伽”来帮助人们获得。

我们自主整合开发的“生命动能”系列项目，起源于对生命的理解，整合运用中医基础理论、肌肉解剖学、生物电学、身心整疗科学、瑜伽哲学等一系列科学理论，就是为了调理处于亚健康状态的人们的身心，运用多元化的方法，并从根本入手，帮助顾客重建生命美。

我们创造“身体解码、能量手法”，为满足顾客“身、心、灵”和谐美的需求，为提高从业人员对健康美事业的科学认知，整合身心整疗科学、瑜伽哲学、音乐疗法、肌肉学、生理学，并落实到音乐、呼吸、意识和技法中，通过六感满足受众的显性与隐性需求，视觉的温馨、听觉的柔美、嗅觉的清新、味觉的滋养和触觉产生的能量综合作用，让求美者身心和谐，实现由内而外的健康美。

作为一名行走在路上的创业者，我深知未来已来，美业价值由最初追求利益最大化已进化到以共创爱与美为核心。在专业专注的发展实践中，以瑜伽哲学体系为核心的独特文化底蕴、多种学科整合协调“身、心、灵”的专业技术手法、生命动能系列课程及完备有效的教育体系、在实践中完善提炼的高端会所全套管理、运营系统成为诗慧的品牌核心。“诗慧”运用瑜伽的智慧，以爱为灵魂，帮助人们用内省思维去了解自己的身体和心灵，来增强感受爱与付出爱的能力，提升自己的幸福指数，给周围的人带去快乐，从而达到与自身、与他人、与外界、与世界和谐共处的美好境界，这就是我们倡导的“生命美”之所在。

为了成就更多的人，我不断将所学运用到生活中，主动创造机会学习训练，主动尝试改变，主动为员工与合伙人创造成功的机会。心灵美好的人会主动承担更繁重、更富有挑战性的工作，会创造出更多的工作成果，在工作中会更加高效地沟通交流，会收获做人做事方面的学习成长，会更加全面地创造让顾客满意的服务价值，会在平衡和升华之后感受更加稳定持久的幸福感受，更容易收获健康、富足、快乐的人生。所有这一切，就是“用爱创造生命美”在职场的精髓所在。

一个心存美好、善良有爱的企业才是有价值的企业，才会以人为本，在对人的培养和管理上才能起到正向的引领作用，员工如果能感受到公司的“爱才”文化，其忠诚度在入职之初就树立了起来。多年以来，“诗慧”始终致力于通过专业的美容美体产品和服务，为东方女性美化肌肤、雕琢形体、呵护心灵，提升生命品质。让爱如春天的种子，一天天成长，用“诗慧”人的力量推动中国美容行业发展，倡导现代人身心和谐的全新理念。

扎根在深圳这块梦想激扬的热土上，经过近30年的稳步拓展，“诗慧”已经发展成为一家集多家瑜伽SPA美容会所、一所瑜伽养生美容培训学校和一家品牌管理咨询公司为一体的综合性集团公司，为深圳乃至全国健康美容事业发展做出了开创性贡献，先后获评“深圳市十大魅力美容院”“最能代表25年深圳形象的深圳名片”“广东百佳美容诚信服务机构”“中国十佳超级SPA美容会所”“中国诚信服务示范单位”，在行业内外拥有极高的知名度和美誉度。

公司有爱，员工感受爱与传播爱，所有人都用心创造爱，这才是一个品牌企业的价值之本。

一个真正有生命力的企业，一定是一个拥有优秀企业文化、为员工和广大顾客谋福利、为天下幸福而贡献价值的有爱的企业系统。致力于营造和谐的“家园氛围”，帮助广大员工保持身心和谐，提升员工的自我成长水平和主动工作能力，让爱的正能量真诚流淌，使得企业的业绩提升和员工幸福指数提升同步实现！

我们在一起，向幸福出发

在伟大祖国改革开放的40年间，无数人从小桥流水奔向车水马龙，从偏僻乡村来到繁华都市。为了成功，为了幸福，为了心中梦想，我们一路奔波，得失之间，似乎觉得天真善良、美好友爱、诚信互助越来越陌生。在光怪陆离的现代化跑道上，我们变得越来越聪明，也越来越麻木，堆积在我们头脑中的千奇百怪的概念和评论似乎比真实的世界更真实，比美好的体验更重要。

当然，高楼大厦、流光溢彩是一种美，追名逐利也是一种活法。但在某一天，穿行在人潮人海的都市丛林，身心疲惫的我们愕然发现：我们不快乐、不幸福！越来越多的人开始反思：如果缺失了身与心的和谐，缺失了善良美好的品德，缺失了远大高尚的志向与信仰，即便得到再多的物质享受，又能如何呢？

人，最重要的品质是良知和爱，这正是我们区别于其他动物的地方。有爱才能吸引美好，与智者同伍，与良善者同行，携手创造更加美好的幸福生活。其实，一家企业也是这样，需要让爱和良善成为价值之本，才能支撑企业基业长青。

管理大师彼得·德鲁克曾经说过："企业只有一项真正的资源——人。"企业是为满足员工与社会的需求而存在的，企业经营管理工作以追求和谐幸福为核心指标。也许企业员工来自四面八方，大家都有着自己的心酸与梦想，到底是什么力量让团队在工作中结缘？不论是投资人、企业管理者，还是普通员工，谁不希望在工作中体现价值、活出尊严？谁不希望通过辛勤劳动收获满满的幸福？员工就是为幸福而工作的！

幸福感来源于健康、家庭、事业、经济、精神和责任，每个人都需要考虑这六个方面的平衡。幸福的人们会在工作中奉献着，不论做什么工作，都是体现个体对他人对社会存在价值的途径。我们通过自己的技能加工出来的产品和服务，到底帮助别人解决了多少真实的利益问题？这样的工作观，让我们对服务、对爱有了不同意义的理解，它在机械和金钱之上，是对所有生命的慈悲与爱的连接，自利利他，圆润天下，有利于滋养心灵、建设幸福和谐的生活环境。

幸福感是人类独有的高贵的心灵感受，让人与人之间超越动物的劣根性更加和谐地共存。

一个真正有智慧、负责任的企业家，应该致力于提升全体员工的幸福指数，让大家心中有爱、有责任，做人有规矩，处事有智慧，快乐工作，幸福生活，齐心协力建设和谐世界与幸福人生。

但我也明白，要想给他人一杯水，自己必须要有一桶水。所以，我不知疲倦地寻访那些优秀的成功人士，向他们学习为人做事的智慧。这些成功人士都在各自的领域或事业上取得了巨大的成功，周身散发着神奇的魅力，能在极短的时间内激活梦想，让身边的人迅速发生改变！这些人的光芒无与伦比，激励着我不断学习、靠近，像一块干瘪的海绵一样，努力地吸收他们的能量，并立即运用到现实生活中。

通过大量学习与思考，我更加明白成功之道仅仅是头脑里知道还不行，必须要实践，“知道+做到=得到”！在实践的过程中，我发现，越是真诚地向别人请教，越是热情地为别人做事情，越是用爱去成就别人的梦想，自己就会收获越多的信任与支持。不管周围的环境如何，我始终要求自己做一个内心阳光的人，走到哪里都是传递正能量的使者，用自信热情感染别人、用善良真诚帮助别人、用智慧与力量支持别人。生活就是这样，只要肯多付出微笑、赞美、勤奋和善良，一定会得到生活慷慨的回报，因为这是世界的“美好力量”。

我越来越坚信，“诗慧”事业的核心价值观就是生命美文化的教育与践行，在宏观层面为企业构建生命美文化的灵魂，奠定理论基础并指明行动方向，塑造影响全社会的“精神灯塔”。同时，我们坚持以人为本的经营理念和至诚至信的职业道德，用爱连接的服务方针，为员工创造幸福，为客户创造价值，为社会促进和谐，如果概括为一个字，那就是“爱”。

文化正成为一个新的企业图腾。是文化让企业更具人性关爱的温情，文化竞争力是未来企业生命力的最佳体现。企业文化、核心价值观、管理制度，由里到外，构成了一个企业大家庭中越来越倚重的“软实力”。成功的企业，一定是靠文化赢得人心，靠“做人”搞好经营，靠职业道德安心定性，靠真实的用户价值构建百年基业。

实践证明，凡是优秀的企业，他们都选定了自己的一种模式，而这一种模式一定与公司的战略发展和文化理念一致。

在多年的发展过程中，“诗慧”一方面埋头耕耘，默默追求和寻找有科学依据的创建“身、心、灵”和谐美的途径；另一方面，通过独特的企业文化和专业实力，赢得了中国美容行业媒体、展会、名师、协会等资源的高度认可，为“诗慧”的品牌发展注入了强大的生命力。

近几年，“诗慧”现象已经成为中国健康美容行业的亮点与热点。

如今，事业团队已经磨炼成型，大家用心营造一个爱岗敬业、快乐工作的家一样的内部环境，成员之间相互尊重和信任，最大化地激发团队成员自身的潜能，使自己的知识和技能得到最大限度的增长与发挥，从而促进企业持续健康地成长。

伟大的事业不是靠自己，而是靠很多人才能创造出来。我们在一起，阳光、快乐、感恩、真诚，强调自我负责与友爱互助，用温暖的分享互动的方式，唤醒每个人心中原本存在的善良、纯真，启动每个人都渴望的美好的爱，用爱向幸福出发！

越爱越美，你就是奇迹

一个人站在高处，以俯视的眼光看着自己，会更清楚认识自己的劣势、优点和潜力，会找到最适合于自己的成长途径。这个人懂得适时的幽默，知道自我开解、原谅和接纳，因为这个人把快乐放在自己的手心，而不是系在别人的言行上；这个人懂得，成功对自己意味着生命的自爱和尊重，意味着每一个人能够善待自己，善待所有生命；这个人懂得成功人生的意义是充分发挥自己所长，用尽全力后感到的一种无愧于心的收获之乐，而不是为了虚荣或金钱；这个人懂得只要充分发挥自己的潜能，让生命闪烁着激情之火，让一颗心永远向上进取，哪怕只是在漫长岁月中爆出一点火花，即便化作一颗流星，也会知足。

美国著名作家麦尔坎·葛拉威尔在《异类》一书中指出："人们眼中的天才之所以卓越非凡，并非天资超人一等，而是与更加优秀的人们在一起前进，并且付出了持续不断的努力。只要梦想永不熄灭，任何人都能从平凡变成超凡！"

虽然已经拥有事业的成功和无数人的追随，但是我仍在思索：如何让自己做一名利益天下的爱的使者，帮助更多人实现自己的梦想呢？反复思量下，我察觉到如果自己停止前进的脚步，奢谈帮助别人是不现实的；如果自己没有内在的力量和现实的力量，即便有愿景要影响和帮助更多的人，也只是美好的幻觉而已。

所以，我告诉自己，只有不断学习与成长，才能不断创造更新更大的价值，永远像太阳一样为梦想燃烧，永远把光芒照耀给需要帮助的世界，才能最大限度地体现自己的价值！

人们常说，你的爱有多大，你就能领导多少人；爱有多大，你的领导力就有多大。左手是关心和服务，你能关心多少人，就能服务多少人；你的关心能力和服务能力有多大，你的爱就有多大。点点滴滴发自内心的关心，希望团队每个人好、成长、幸福，这就是爱。右手是管理，管理是严肃的爱，有纪律有要求，有规定有监督，有检查有奖惩，有成长有分享，令必行，行必果，果必究，提高团队执行力就是帮助，培养团队进步成长就是爱。点点滴滴的关怀，时时刻刻的服务，每分每秒的教导，随时随地的严格，零理由，秒执行，结果至上，只有这样才能培养我们无限的大爱。

不论在企业中的哪个工作岗位，要想超越平庸，取得成功，都必须志存高远、脚踏实地，必须自律自强、专注专一，努力用超强的执行力去换取卓越的成绩！

一个能成就大事的人，一定是一个阳光自强、心胸开阔、乐于助人的人；一个健康有活力的企业，一定是懂得建设并强调解放文化生产力的企业。

从领导干部做起，人人自强做栋梁，我为人人做贡献。以客户需求和效益为导向，尊重员工和消费者，用心让企业文化落地，让文化引导心灵，让心灵支持行动，让一切可预期的量化结果都可以实现！

无论是面对创业征途种种艰难险阻的孤寂摸索岁月，还是面对鲜花掌声潮水般涌来的所谓“辉煌顶峰”，我始终坚守自己的梦想，那就是：用爱创造生命美，帮助所有人实现梦想！

昨日之水不可回，别让旧潮水反复拍打当下的信念之船。无阻绊更远行，从心认识你的记忆，重新对待你的暗流，美好人生值得认真以待，为自己、为爱你的人。不妨从现在就开始，认识它面对它，接受它放下它。自在人生尽远行，告别生命码头，遇见的不只是全新的自己。更积极的自我关系与同修关系，更优质的亲子关系与婚姻关系以及更赞的人生，自会为你而呈现。心存美丽，温暖就会围绕你；心存大爱，崇高就会追随你；心存他人，真情就会回报你；心存希望，幸福就会降临你；心存梦想，机遇就会笼罩你；心存坚持，快乐就会常伴你；心存真诚，平安就会跟随你；心存善念，阳光就会照耀你；心存感恩，贵人就会青睐你。

“诗慧”知道，发自内心的爱，不会被世界拒绝；“诗慧”懂得，无数姐妹的智慧和辛劳，再加上岁月的静静沉淀，“诗慧”终究会和所有追寻“生命美”的朋友一起，谱写出最浪漫、最瑰丽的传奇！因为心中有爱，所以，我们敞开怀抱虔诚播撒春天的微笑；因为相信光明，所以，我们矢志不渝真心拥抱世界的美好！

我确信，一颗爱心可以温暖很多人，一束花朵可以唤醒整个春天。

未来，“诗慧”会一如既往地倡导用爱创造生命美，平等对待员工，平衡相关者的利益，发扬团队精神，并鼓励创新与承担社会责任，再加上规章制度和内部用爱沟通的艺术，帮助团队和广大会员顾客健康成长。通过这种方式，生命成长和利益天下的力量就会被无限放大，从而吸引更多美好，点燃更大的价值，越爱越美，大美无限……

后记

诗慧花语

如果懂得绽放

每朵玫瑰都是一段美丽的传奇

如果懂得爱情

每个女人都是一首浪漫的诗篇

从小我就清晰地看见了一道光芒

我是背着黑袋子奔向太阳的使者

帮助每个生命率真如是绽放自己

这是革命性的必须有人做的工作

这不是一条平坦的路

火种可能首先被烧掉

但它燃烧起来的大火

会照亮人间所有美好

不能辜负来世一场

生命必须如花绽放

我愿意为爱而欢舞

而且要幸福地死去

附 录
让智慧渗透生命，让灵性落地生活

长玉是海文三年专业班的毕业生，也是海文第一批签约的本土导师。她的灵性和对美的痴热，是她从未停止学习、成长的内趋力；在过去的20年里，从美容技术到形象设计、从销售管理到品牌营销、从商业模式到资本运作、从瑜伽的教练到海文心理学等，她在不同的知识领域里探求，与不同世界的人连接共鸣，并且乐在其中。

对于许多人，特别是女性而言，时间仿佛是敌人，因为岁月在我们的容颜上会留下一道一道的痕迹。对于长玉而言，时间却是她最好的朋友，因为只有经历、体验过之后，才能够真正懂得爱与包容，所以她回馈给时间的不是排斥和敌意，更多的是从容和坦诚。

她的人生，智慧豁达，犹如一本散发着墨香的好书，跌宕起伏、引人入胜；她的经历隽永深刻，犹如一杯色香味俱佳的好茶，清新淡雅、芳香四溢。

接下来，让我们透过下面的这段访谈，一起阅读、一起品味。

问：您何时结识海文，并决定系统地完成三年文凭班的课程？

杨：我因为某些机缘从2006年开始涉猎心灵成长类的书籍，进入身心疗愈领域的探索，包括海文创始人麦基卓和黄焕祥的三本书：《懂得健康》《懂得生命》《懂得爱》，这对我来说是一个很有趣的启蒙。

2008年我体验了海文文凭班阶段二的课程，随后开始了系统的学习和成长。决定报读文凭班有两个原因，一是基于我自己的特质，我是一个要求完美的人。所谓的完美，是因为我渴望探究，希望全身心投入探究一个我感兴趣的领域。只是在海边踏水而不下海游泳，这不是我的个性，我更愿意投身其中，潜入更深的地方去游泳。二是我的心一点点被海文牵动。我在海文中感受到温暖的被接纳的被允许的那种自由感。这是另外一个很重要的原因，而我决定跟随自己心的方向。

问：现在回过头来，您怎么看海文？它对你的生命有着怎么样的影响和改变？

杨：我对海文的定义是应用性的关系心理学。关系建设的重点是“心”。海文谈到人和世界乃至宇宙之间的连接的主要界面是心。我很喜欢这句话，对此也深有体会。生命品质提升的关键在于每颗心是否能够活在当下，身、心、灵是否能够和谐融合，我们是否能够清晰地看到自己的生命模式。

对于那些追求幸福快乐的人来说，海文对关系的探索和研究是一条重要的途径。

同时，我也认为海文是让智慧渗透生命、让灵性落地生活的一个很好的途径。这需要很多的觉察力以及对脑前额叶的整合，也是我在海文一个很重要的学习和提升。海文讲到“自我疼惜”的循环，情绪之后的呼吸，呼吸之后的觉察，觉察之后的自我接纳和欣赏，对我来说深为受益。如果我们只谈灵性，而不在行动中实践的话，在接纳、欣赏之后而不去行动，那么这种灵性对生命和生活是没有帮助的，这也是我喜欢海文最重要的地方之一。

问：您个人的生命发生哪些变化？

杨：在这三年里，我的整个人格特质都逐渐变得圆融起来，经历着由固着逐渐敞开、由某个点逐渐敞开成面、由面变成更丰富的圆的过程。这是我对自己生命的觉察。

过去的我是一个有很多价值标准的人。我对完美的追求，也是捆绑在自己身上的缰绳。我同样会用这样的标准去衡量我身边的人。喜欢自己喜欢的人，做自己喜欢的事，用自己的价值观来衡量周边的人和事，这是我曾经的固着。

敞开，意味着我向别人呈现我的固着了。过去我会把它们隐藏起来，成为一个内隐的部分。但是这些固着的部分，像是我背后的木偶线一样，不断地牵引着我。过去的我从来不会向别人呈现我的木偶线，更别说邀请别人来看我的木偶线有多好玩。现在我会选择把我背后的木偶线拿出来，呈现给大家去看，跟大家分享：你看，这就是我的木偶线，很好玩，对不对？

问：对于一个完美主义者来说，这需要冒险么？

杨：是的，我放下了很多对风险的焦虑。愿意冒险也是基于我知道自己是一个有缺点、并不完美的人。我允许和接纳自己的缺点，虽然这个缺点是相对于完美而言的。但就生命本身的完整性而言，我现在并不认为它是缺点。为了语言表述的方便，我们暂且把它定义为缺点。

问：从呈现木偶线，到冒险承认缺点，再到改变了对缺点的看法，这是否是一种深层次的整合和接纳？

杨：在海文的精神中，它对生命有更深层、更宽广的接纳。海文不太会随便评价一个人的好、坏、对、错，其实背后是一种更深的慈悲精神。当我愿意看到和接纳自己的缺点时，是对自己的一种慈悲。我也期待在自己的课程中告诉大家，我们应该如何对自己更加慈悲。

问：海文像是一个大家庭，来自不同背景、有着不同个性的同学如何互相融入彼此？

杨：能够进入海文课程、选择在海文学习的同学，每个人都有自己的性格特质，有鲜明的个性和生命主张。就我个人而言，我是一个有棱角的人，圆融和修养的背后包裹着一颗带有棱角的心。

那个棱角别人看不到，但在无意中会产生距离。像我这样同样有棱角有非常独特性格的人，在海文有很多。每个人都带着自己不同的背景，来到海文大家庭。但相同的是我们每个人都能够在这里面获得更多的自由度、敞开度和安全感，这也是兼容并蓄的海文精神之一。就我个人的体验而言，海文鼓励同学们发展出更多的接纳、允许的特质，看见别人，从而照见自己，这是一种很大的觉知，也是很多学习团体所不具备的品质。海文是一个大熔炉，每个人进来之后都愿意呈现自己，其他人则在旁边柔软地迎接这种张力。

问：听起来像是一个爱的容器。每一个有棱角的人都期待做自己，融合未必是一件简单的事儿？

杨：当我们真正做自己的时候，融合也开始了。如果我们无法看到自己，也看不到他人。做自己并不意味着丢弃他人。做自己不是说只呈现自己的某一个面向，而是呈现自己完整的面向，你也要有能量和能力去迎接他人。

问：那么大家如何面对冲突和挑战，并把彼此的关系带到更深的层次？

杨：这也是我们的立场，我把它称之为爱的立场。出现冲突和挑战的时候，还是要回到自己的身上。把每个人看作自己的镜子，承担起自己要承担的责任。这是一种觉察力和责任感。每个人的觉察力在他人的映照下会更大地增强和扩张。

我以前面对矛盾时会选择逃避或是用一种冷漠的方式进行对抗，有时也会逃离现场，不再与当事人进行交往。现在发现解决矛盾一个很重要的点，就是回过头去面对，再去交流，不放弃关系。海文的这个部分是很有趣的，它鼓励你留在关系中，最核心的一点是不要丢弃自己。因为不愿意丢弃自己，所以才不会丢弃对方，每个人都是我们的一面镜子。这是一个很大的功课。对我来说，这是花了很长时间之后所收获的一种人生经验。

问：海文有没有提供一些方法和技巧帮助解决矛盾？

杨：海文的一个模块叫沟通模式，它鼓励大家带着自我疼惜去沟通，这是对我影响最深也是最快的部分。这在我的工作坊中也是一个很重要的模块。它已经进入到我的生命层面了。通过应用沟通模式，我有了更大的觉察力。在觉察的过程中，我知道自己在哪里，我知道在沟通的时候，我的头脑在做什么，我的心在做什么，我的意识在做什么，如何去整合自己的脑前额叶，清晰地表达自己的意图，采取更加有效的行动。

有时在上课时，有学员告诉我说："长玉老师，你讲的沟通模式和别人讲得不一样，会有不同的视角。"很多时候，我不一定按照既定的步骤去进行训练，我更愿意把它当作一种觉察的工具，与学员探讨和呈现。

一个小小的沟通模式，看似简单，它有几个步骤，环环相扣，逐步递进，其实每一步的背后都有很深的意义蕴含其中。每个人的生命背景都是如此地深邃不同，是那么地厚重、那么值得尊重。所以在讲沟通模式时，我会把很多时间放在背景、解读和意图的部分，也会涉及好奇和核对。

问：您用自己的生命和背景去讲课，浓缩智慧，呈现精华，您是一个用自己生命呈现的老师。

杨：是的，这是所有海文导师一个共有的特质。我从加拿大导师身上看到了榜样的力量。他们像是鲜活的生命博物馆，无论他们走到哪里，都是一种生命的示范，都是一种生命状态的呈现。这是除了知识之外，我从导师身上得到的更大收获。我对生命更有信心了，对自己的未来也更有力量感了。

Linda和文淑都是我特别喜欢的老师。Linda真实和无所畏惧的生活态度深深地打动了我。我很佩服她青春活力的生命状态和表达自己立场时的力量感。她有属于自己的特质，她就是她自己，独一无二，无可复制。这是我在她身上看到的一个很重要的特质。文淑老师则像姊妹，像亲人，如此亲近地影响着我的生命。她温润宽厚的特质、活在当下的那份爱、责任感和亲和力都深深地影响着我。我从她身上体会到亲近而独特的圆润能量。我很喜欢这个部分。

问：您是一个成功的企业家，现在又专注于心灵成长之路。您如何平衡外在的“荣耀之路”与内在的“成长之路”，有没有经验可以分享？

杨：我也一直在思考平衡的问题：我是一直处于一个平衡的状态呢？还是在偏离了平衡的轨道后才找回了那个平衡点呢？作为一个企业家，很长一段时间我过度地使用头脑思考，忽略了身体的感受。这种方式能推动事情的进展，但也造成一些问题，例如，当我忽略自己的感受时，也拉远了我和他人之间的关系。

我自己在经营企业的过程中，常常会把事业、目标和结果放在前面，更多地关注事情的发展是不是符合我预期的结果。对目标和结果的关注占据了我很大的能量。

在海文的学习让我发现了自己“强大”背后的那份恐惧感。曾经的偏离是因为我回避面对恐惧，同时也会给自己很多合理化的理由，告诉自己：我如此地坚强、如此地强大、如此地正向，怎么会有恐惧？在偏移的时候，我是否定自己这个部分的情感和感受的。在海文的学习中，我在老师的带领下开始看到和接受自己曾经不愿意面对的这个部分。

学着面对和接纳自己的这个部分，学着真正地和自己在一起，这是一个很重要的学习。我开始和自己的阴影成为朋友。这是一种偏移之后的平衡，在这个过程中，我找到了跷跷板的中点。我能在处理事情的同时兼顾到自己的感受，这是我变化很大的一个地方。

问：听起来这也像是一种感性与理性的平衡？

杨：是的。还有一个部分是我逐渐学着抽离出来，站在边上，从旁观者的角度去看待自己的人生和生命，不再去执着于某一个结果或目标。当我放下目标，脚踏实地、活在当下地向前推进事情的时候，结果可能比之前预期得更好。

这是一个很大的收获，我开始能够常常触摸到幸福感。当我放下目标之后，新的安在感、满足感就开始慢慢浮上来。当我和自己团队在一起感受到生命之河的流动时，我的整个团队的情绪和感情也变得非常的安定。团队的喜悦和我个人的喜悦开始融合，是我触摸到幸福感最重要的因素之一。

问：您说的抽离是不是我们在海文不断学习的觉察？

杨：抽离，脱离自己的头脑和感受，去清醒地看到，这是一种觉察。

问：您已经是非常成功的企业家，是什么样的动力让您放下身后的荣耀光环，走上导师之路？

杨：听到你说我是一个成功的企业家，我想聊聊这个部分。我们每个人对成功都有不同的定义，什么样的企业家才算成功，我想大家的标准都不一样。就我个人而言，我没办法对别人说我是一个成功的企业家。

但有一点，我可以骄傲地告诉大家，我的企业健康、安稳地存在了20年。而且目前企业中员工的幸福感还是很强的。她们工作的积极性、自我负责的能力和内部敞开自由的沟通状况是我比较满意的。作为一个经营者和创始人来说，我很满意我有一个成功的团队。也许这个就是大家所说的成功。我的成功来自我可以抽离企业，有更多的时间和精力去学习和成长，走我的导师道路。我有足够的时间去做自己喜欢的事情。

问：什么样的原因让您做了这个做导师的决定？

杨：关于做导师，首先我个人是从事教育出身的，所以做导师也是一件自然而然、水到渠成的事情。在带领企业的过程中，我慢慢也发现，带领企业最重要的不是我要求大家去做什么，而是要引发大家的思考，去开发每一个人的潜能。

学习、教导和引发在做企业的过程中也都是很重要的因素，这也是另一个层面的教导，需要我在前面引导。我还不能说我是一个很好的导师，但我可以很自豪地说我是一个可以通过分享自己的生命经验给到很多人方向和引导的人。

问：带领工作坊的过程中是否碰到过困难？

杨：当我在做一件事情的时候，我首先不太会想到困难。我这个人不太善于设置困难。我是喜悦，甚至雀跃地去尝试、去探索、去体会的。这是我向前迈进最重要的一个动力。

带领工作坊是我人生的一个新阶段。从海文专业班毕业之后，我开始进入另外一个学习阶段，体验另一种方式的学习。从一个课堂进入到一个更大的课堂中学习。

问：您好像还是把自己定义成一个学习者？

杨：到目前为止，我还不认为我是一个导师，我始终是一个保持觉察和好奇心的学习者。学习和成长的过程很美，你每天看到自己的进步，就好像听到春天竹笋拔节时的嘶嘶声，我很兴奋，也很喜悦。

问：在课堂上的学习和在工作坊中的学习，最大的不同在哪里？

杨：在课堂上，我会让头脑带领身心或者用身心怀揣着头脑，全然投入地去学习。现在带领工作坊，是一个人与更多的人的生命故事发生连接、共鸣和共情的过程。这带给我更大的震动和冲击。同时我也认为，学员的参与乃至他们的问题，对我的成长都会有更大的帮助。

问：你希望透过工作坊带给大家什么样的成长和礼物？

杨：我想所有的成长和礼物都是学员给自己的，我依然只是那个分享者和呈现者。我无法确定我可以给到别人什么，但我可以确定每个人都可以给自己生命的礼物。我一直沿用海文的教学方式，把重心放在学员的身上，启发学员自己的智慧。

问：对未来您有什么样的展望？

杨：我现在越来越体会到当下即是未来。就像中医的全息原理一样，一个点、一个穴位能够全息地反映整个生命的状况。如果每一个细胞是健康的，那么整个机体都是健康的。“当下”也像全身的每一个穴位、每一个细胞。如果组成生命的每一个“当下”是健康的，那么未来就一定是健康的。

问：在海文我们常常谈到“活在当下”，而作为一个企业家和导师，您又要对未来有很多的规划和设计，这两者是否有冲突？

杨：从企业角度来说，目标是由数据构成的。用数据去引导生命不是我所擅长的，我更在意的是生命在每一个“当下”的品质。

目标与步骤、标准和流程有关，用数据架起对未来的设想，再加以实践。但是哪怕生活在对未来的规划之中，我们也要恪守“当下”的品质。在遵守秩序规则的同时，明确自己的本心。未来可能是我们想要的一个结果或目标，也可能是生命长河中每一个“当下”，每一个点的综合，也许是一种总体的生命景象。从生命角度来说，未来是我要活成什么样子的愿景；从企业角度来说，未来是要做成一个什么样的企业。我对企业的目标和方向是我要做一个幸福的企业，当然这个幸福是以物质为基础的。如果我能做好每一个“当下”，我的员工及我个人的生命状态是热情饱满的，那么未来一定是成功的。